放課後退魔録
る
HOKAGO TAIMAROKU MARU-RU
I・ワラキズ

★妖魔術クラブに新入部員誕生！

★想いと祈りが二人を守る——

★コメちゃんは僕が守る！

★このくそバカー！
……ですわよ。

# 放課後退魔録㋹

I. ワラキズ

岡本賢一

角川文庫 13623

# 目次

CONTENTS


第一話
かぼちゃのプディング鮮血ぞえ
5

第二話
渡る世間は鬼だらけ!?
65

第三話
守護神・召喚！
127

第四話
鬼神と少女
197

外伝
真夜中の観覧車
275

あとがき
304

解説　イノセントの人
308


●口絵・本文イラスト／黒星紅白●

●口絵・本文デザイン／伸童舎●

# 人物紹介
CHARACTERS

## 狛止米子《こまどめこめこ》

紅椿学園中等部に在籍する無口・無表情な美少女。バンソウコウなどで隠しているが、顔にキズがある。そのキズと無愛想な性格の秘密は過去にある様子。結構ガンコ。

## 瀞牧《とろまき》 兼《かねる》

紅椿学園中等部に在籍にする米子の幼なじみ。とある事件以来、米子を守ることを誓う。米子がカネルという発音で呼ぶため、周囲にはそう呼ばれている。あだ名は「ハイテンションのび太」。

**ロロミ**…小龍をつれた少女。なぜか米子を敵視する。
**シリル**…ロロミと共に行動する学生服とマントをきた男。
**雨神丈斗**…アマタケ様として崇められる。現在は……
**遊天童子**…丈斗の守護霊。おはぎ好き。
**九堂よしえ**…妖魔術クラブ卒業生。実はサイボーグ。
**桜宮サヤ**…妖魔術クラブ二代目部長。ウサ耳好き。
**寺流五郎八**…妖魔術クラブ三代目部長。在校生。
**霧山遊子**…メラ星の異星人。妖魔術クラブ創設者。

# 第一話　かぼちゃのプディング鮮血ぞえ



1

どこの学校にもひとつやふたつ、怖《こわ》い話や、不思議なうわさ話は存在する。ここ紅椿《べにつばき》学園にもその手の話が多い。いやむしろ、多すぎると言えるだろう。

その昔、学校の土地が墓地だったとか、刑場《けいじょう》だったとかいうわけではない。山林を少し切り崩《くず》した跡地《あとち》にできた、中高一貫《いっかん》の私立学園である。

他《ほか》の学校と変わっている点をあげるなら、地下校舎と呼ばれる教室が中庭の下に広がっていることくらいだ。L字型の本校舎は高等部が使用し、日の当たらない地下校舎では中等部の生徒およそ六百人が授業を受けている。

中等部は開設からまだ一年しか経過していない。なのになぜか、うわさ話のほとんどが地下校舎に集中している。これも不可思議なことと言えるだろう。

その地下校舎に関するうわさ話のひとつに、こんなものがある。

授業中に眠《ねむ》くなると、廊下《ろうか》を黒い人影《ひとかげ》のような物が飛ぶような速さで通過するのを見る。その影を同じ日に三回続けて目撃《もくげき》すると、その人はどこかに連れ去られ、戻《もど》れなくなってしまうという。

人によってはこんなことも言う。二回そんなふうな影を目にしたなら、ノートの隅《すみ》に「◎」を書くと助かる。『雨ふったらやめ』もしくは『しろぬりのおはぐろ』と唱えるといい。影には目があり、一回でも目が合ってしまうと助からない。雨が降っている月曜と金曜は出ない。影に筆入れに鉛筆《えんぴつ》を五本以上もっていると助かる。悪口を言うと、自分の家の中でもその影を見るようになる。

口裂《くちさ》け女のような、都市伝説と言われるたぐいのうわさ話である。中学生にもなれば、本気にしている者は少ない。

だが「はっきりはしないが、そんな影を見たような気がする」という生徒が多いのも事実だ。

他にもこんなうわさがある。

雨の日は、濡《ぬ》れた床《ゆか》から見えない手が伸《の》びて、誰《だれ》かの足を引く。

誰も居ないはずの教室の中から、豚《ぶた》のような動物の鳴き声や駆《か》け回る音、女の笑い声などが聞こえる。

放課後、ひとりで忘れ物を教室に取りに行くと、古い学生服を着た中年の男と廊下ですれちがう。ふりむくと消えている。

階段わきや、行き止まりの柱の陰《かげ》など、人があまり近づかない場所から、ときおり肉の腐《くさ》ったような臭《にお》いがする。

地下駐車場《ちゅうしゃじょう》へつながる扉《とびら》は現在封鎖《ふうさ》されているが、それが開くことがあり、入ると二度とこちらの世界へは戻ってこられなくなる。

——といった具合に並べるときりがない。

そしてときおり、うわさ話に近い体験をしたという学生が現れて騒《さわ》ぐ。

先日も中学一年の女子が授業中に泣きだしたことがあった。黒い人影のような物が、教室の隅に立っているのを見たというのだ。嘘《うそ》か本当かわからない。なにかを見まちがえただけかもしれない。ただ本人だけが、本当に見たと、興奮した口調で説明するのだ。

だが、見たのが一度だけだから騒ぎたてるのである。たびたび不可思議な物や音、臭いなどを地下校舎で体験した生徒は、騒いだり言いふらしたりはしない。

彼女のように、それらが頻繁《ひんぱん》に発生する日常の場合——、

（あ、また……）

そう心の中でつぶやくだけである。

（今日はなんだか、よく見る……）

2

登校時の坂の途中《とちゅう》と、ロッカー室の隅でも見かけた。そして今は、教室の左隅にそれが佇《たたず》んでいる。

黒い人型の影だ。海藻《かいそう》のように、ゆっくりと左右に身を揺《ゆ》らしている。ただそれだけで、こちらに危害を加えそうな気配はない。

狛止米子《こまどめこめこ》は、その影から顔をそらし、銀色の小さな弁当箱へ視線を戻した。

彼女はひとり、二年三組の教室で昼食をとっていた。

天候が悪くないかぎり、昼休みを地下校舎で過ごす生徒は少ない。大抵《たいてい》の男子が早食い競争のごとく飯を胃に押し込んでグラウンドへと飛びだしてゆき、おおよその女子が中庭にピクニックシートを広げて友達と長い昼食を楽しんでいる。そして一部の生徒が、図書室か、それぞれの部室へと足を運ぶ。

米子も本当はそうしたいと思っている。なによりも、地下校舎では不可思議な影や、臭い、気配などを感じてしまう。

しかし米子には、人の多い場所に出て行きにくい理由があった。左の頬《ほお》にある古傷のせいである。

小学一年の時、川へ落ちてできた傷だ。左目の下から顎《あご》へかけて、まるでナイフで切られたように、白く長く伸びている。

髪《かみ》を頬の方へ垂らし、できるだけ隠《かく》しているので遠目にはわからない。絆創膏《ばんそうこう》などを貼《は》って隠すこともある。

けれど近くで、初めて米子の顔を見る人々は誰もが、驚《おどろ》きと共に思わずまじまじと傷を見つめ、申し訳なさそうに視線をそらす。色白で整った顔だちであるため、傷がいっそう際立《きわだ》って見えるのだ。

級友たちのように傷の存在に慣れてしまえば、そんなことはない。

米子は、特殊《とくしゅ》な目で見られるのが嫌《いや》なだけで、顔に傷があることなんて少しも気にしていない、そう思いこもうとしている。

(どうせ私、もうすぐ死ぬのだから――)

――そんなふうにも考えている。

「コメちゃん、出たよ！　出た出た！」

カネルが教室のドアを壊《こわ》さんばかりの勢いで開け、飛び込んで来た。瀞牧兼《とろまきかねる》。米子と同じ十四歳だ。

米子がカネルの名を呼ぶとき『カ』の音を強調して、まるで外国人の名のように発音するため、級友や先生までも『兼』ではなく『カネル』と呼んでいる。

「出たよついに！　うちのクラスでも、黒影《くろかげ》を見た奴《やつ》が、出たんだよー！　コメちゃーん！」

米子は顔をあげ（だからなに？）という目をカネルにむけた。

「おっと、コメちゃんの弁当箱の中にも黒い影が！　って、それは海苔《のり》じゃん。海苔だけに今日もノリノリってわけ？　いやいや、海苔の話は、棚《たな》の上にちょっと置いといて。影だよ。幽《ゆう》霊《れい》だよ。妖怪《ようかい》だよ。怖《こわ》いよどうするよコメちゃん！」

「カネル、あんたうるさい」

「なるほど。五月のハエと書いて、五月蠅《うるさ》い。でもコメちゃん、まだ四月だよ。五月は来週から。そんでもって五月は待望のゴールデンウィーク五連休だよ。スコーンと青い空、ドドーンと広い海が俺を呼んでいるぜ！　ってそれはいくらなんでも、気が早すぎ。ビシッ！　おっといけねえ、今はそんな話はしてないじゃん。棚の上に置いといたこっちのコノ話を――って、これは海苔じゃん！　そうじゃなくて。影だよ、黒い影なんだよ。見たって言うんだよね。ウチのタコ坊主《ぼうず》がさー。そう言うあいつの顔の方がよっぽど妖怪顔で怖いんだけどさー」

丸メガネを押しあげながら、しゃべりまくるカネルのその姿は、笑いに生活をかけた売れないコメディアンのようである。けれど、自称《じしょう》『驚異《きょうい》のマシンガンジョーク』は、どうにもこうにも笑えない。

それでもクラスでは『ハイテンションのび太』というあだ名で、それなりの人気者だ。

毎度のこととあきらめ、米子はカネルを無視して箸《はし》を動かす。

カネルと米子は、紅椿ニュータウンに越《こ》して来る以前からの幼なじみである。両親同士が高校からの旧友であり、同じマンションの同じ階に住んでいた経緯《けいい》もあり、ふたりはまるで兄弟かなにかのように育てられた。そして幼稚園《ようちえん》から中学一年まで、同じクラスだったという偶然《ぐうぜん》もある。

中学二年になってやっとクラスが分かれたのだが、カネルは毎日のように米子の教室にやって来ては、マシンガンジョークを乱射していた。

いつもひとりでいる米子のためである。

それは米子もわかっていた。だから、どんなにわずらわしくとも、米子はカネルを追い返そうとはしない。ただ黙《だま》って、カネルの笑えないジョークを聞き流すだけである。

「ねえ、あそこにある黒い影、見える?」

米子は食べ終えた弁当に蓋《ふた》をし、黒板の左側を指さした。

教室の右側には廊下《ろうか》があるが、左側は壁《かべ》で覆《おお》われている。壁と黒板に挟《はさ》まれたその左隅に、机ひとつ分ほどのスペースがぽっかりとあいている。そこに見えるのだ。

「ひえーっ、影! どこ? どこに? 出たのかよー! ついにコメちゃんも目撃者《もくげきしゃ》! 学級新聞の一面トップにズバーンと掲載《けいさい》だ!」

喜んでいるのか怖がっているのかわからない声を張りあげ、カネルは米子の指さした左隅へと無造作に突《つ》き進んでゆく。

「ちょっと……」

米子が止めようとしたが遅《おそ》かった。カネルは影を押しつぶすような勢いで、その場所へ駆《か》け込んでしまう。

すると――、するりと影が横へ逃《のが》れた。そしてそのまま、壁の中へと消える。

「あっ……」

米子が声をあげた。影が消える瞬間《しゅんかん》、壁の一部がドアの型に光ったのを見たのだ。

「どこだ影？　おっ、これかこの影か！　見えたぞ！　僕にも見えたぞ黒い影！　やばい！目を合わせたら、連れて行かれるぞ！　うひょー！」

壁に映る自分の影を指さし、騒《さわ》ぎたてるカネルを無視して、米子は不可思議に光った壁へと近づいた。

（なにかある……）

ぼんやりとした気配を感じた。

（気のせい？　それとも……）

米子は、自分に霊感があるとは思っていない。実際に、幽霊や妖怪などを目撃した経験はないのだ。ただ、それらしき影や、臭《にお》い、物音を感じるだけである。

幻覚《げんかく》障害という神経の病かもしれない、と考えていた。

米子はそっと、ドアが見えた壁に手を伸《の》ばしてみる。指先に、冷たく硬《かた》い金属の板が触《ふ》れた。

あきらかに壁の感触《かんしょく》ではない。

しかし見た目はベージュ色の壁である。

「ドアがある……」

米子は気づいた。そこに肉眼では見ることのできない鉄の扉《とびら》があることに――。

「なにやってるのコメちゃん？　もしかしてパントマイムの練習？　そこに壁があるってやつ？　なるほど。まず、壁のあるところで練習ってわけだね。ということは、本格的にお笑いタレントとしての将来を考えたってわけか。よし、僕も応援《おうえん》するよ。でも有名になっても、クラスメイトや僕のこと忘れないでくれよな。そうそう。今のうち、これだけはしっかり言っておくね。あややとヒッキーと、藤田《ふじた》まことのサインを頼《たの》む！」

「ねえ、カネル……」

米子はカネルの手をつかんで引きよせ、強引《ごういん》にドアらしき物があった部分を触《さわ》らせようとした。

「ここに……」

カネルの手が壁に触れた瞬間、放電したように青白い光が走った。

光は、ドアの輪郭《りんかく》をなぞるように流れ、最後にくっきりとドアノブの場所を示して消えた。

避《ひ》難《なん》用扉のような収納型の把手《とって》である。

「今の、見た？」

米子が顔を覗《のぞ》きこんでたずねると、カネルはゆっくりと首を傾《かし》げた。

「えっ？　なに？　もしかして今、コメちゃんのパンツかなにかが見えたとか？」

「バカ！」

米子はカネルの手をふりはらい、ドアノブが見えた場所に触れてみた。

なにもない。いや、触っているはずなのだが、なにかあるように感じられないのだ。

「うおーっ！　見つけた！　見つけたコメちゃん！」

カネルが米子の背後で声を張りあげる。

また、つまらない冗談《じょうだん》だと思いながらも、「なにが？」とたずねてみる。

「ウサ耳だ！」

カネルが身を屈《かが》め、言葉どおり米子の足もとからウサギの付け耳を拾いあげた。ヘアバンドに長く白いウサギの耳が突き立ったもので、バニーガールが頭に着けているあれである。

「なんなのそれ？」

確かに今まで、そんな物は落ちていなかった。ドアと同じように、存在するのにその姿が見えなかったとしか思えない。

カネルは当然のごとく「ウサ耳！」とおどけながら、頭にウサ耳を立てて見せる。

米子は大きくため息を吐《は》き捨て、軽蔑《けいべつ》の視線をカネルにむけた。

「やだなーコメちゃん。そんな目で見ないでくれよ。そういう時は、なにやっとんねん、おまえは！　って勢いよく突っ込んでくれなきゃ。ボケと突っ込み、これぞ会話のキャッチボールってやつだよ。でもさー、突っ込むといっても、鼻の穴や耳の穴に指を突っ込んで欲しいわけじゃないよ。それは痛いだけで、ところによっては鼻血がブー」

米子はカネルを鋭《するど》く睨《にら》みつけ、

「――で？」

と強く言い放つ。

いいかげんに口を閉じないと本気で怒《おこ》る、という米子流の合図だ。

長いつきあいで、カネルの方もしおどきのタイミングは心得ている。視線をそらし、鼻の横をかきながら、黙《だま》って頭からウサ耳を外した。

「見せてよ、それ」

怒ったままの口調で米子が手を差しだすと、カネルは素直《すなお》にウサ耳を渡《わた》す。

このふたりの様子から、一年の時は女王様と下僕というあだ名がふたりについていたこともあった。

米子がウサ耳を手にする。――とたんになにかのスイッチが入ったように、米子の頭上にピラミッドをふたつ合わせたような光る水晶《すいしょう》のような物体が現れた。

（なにこれ？　妖怪《ようかい》？）

ミラーボールのように光を放ちながら、水晶のような物体が、米子の上でゆっくりと回転している。

「カネル、あれ！」

米子が空中に浮《う》かんだ光る水晶を指さすが、カネルはずっと先の天井《てんじょう》へ視線をむけ、探しだそうとしている。

「え？　なにかいるの？」

カネルには見えない。米子はそれを理解した。

(私にしか見えてない……。どうして？　私、本当に、頭がおかしくなっちゃったの？)

「どうしたのコメちゃん？」

心配そうにカネルが米子の顔を覗きこむ。

「なんでもない……」

そう言ってふりむくと、そこにはドアがあった。

幾度《いくど》か光って見えた鉄のドアである。以前からそこにあったかのように、今ははっきりと見えていた。

薄青色《うすあお》のドアで、半円型のドアノブが内部にたたみ込まれている。地下校舎の所どころにある防火扉《ぼうかとびら》とまったく同じものだ。

ただひとつちがう点は、ドアの中央に大きく、不可思議なマークが描《えが》かれていることである。

二重丸の中に星のマークがあり、星占《ほしうらな》いなどで見かける星座を示す文字のような記号が、星を囲むようにいくつも描《か》き込まれている。

米子は半円型のドアノブを引きだしてみた。

(私の幻覚《げんかく》なんかじゃない。たしかにある。ここにドアがある)

ドアノブを回してみる。鍵《かぎ》は掛《か》かっていない。そっと、ドアを押す。

ドアが徐々《じょじょ》に向こう側へ開いてゆく。

わずかな隙間《すきま》から、黴臭《かびくさ》く、ひんやりとした空気が教室の中へと流れこんで来た。

もう少しだけ開いて、向こう側になにがあるのか米子は確認《かくにん》しようとした。足を踏《ふ》み入れるつもりなど、まったくない。

しかし――。

風が吹き抜《ぬ》けた。巨大《きょだい》な掃除機《そうじき》が動きだしたかのように、教室からドアの向こう側へむかって、一気に空気が吸いだされたのである。

ドアが大きく開かれ、それによってバランスを崩《くず》した米子の身体《からだ》が、ドアの向こう側にある通路へと転がり出てしまった。

小さな悲鳴をあげ、米子が通路へ倒《たお》れこむと、ふいに風むきが変わり――、
バン!

叩《たた》きつけるような音を立てて、ドアが閉じた。

薄暗い通路だった。避難《ひなん》経路を示す青い非常灯が、コンクリートむきだしの壁《かべ》や床《ゆか》を照らしている。

そして通路の先に、黒い人影《ひとかげ》が立っているのが米子には見えた。

米子は急いで立ちあがると、教室へ戻《もど》ろうとドアへよる。

ドアノブが無かった。それらしき物が付いていた形跡《けいせき》だけが残っている。半円型のドアノブではなく、回して開く通常のドアノブがそこにあったらしい。根元から折られて、軸《じく》の一部が内部に残っている。

ペンチかなにかあれば回すことができるが、米子の手ではとても開けられない。

ゆらり。通路の奥に見えた人影が揺《ゆ》れ、米子にむかって歩みはじめた。

3

小さな悲鳴を残して、米子の姿が壁の中へ吸い込まれて消えた――。教室に残されたカネルには、そんなふうにしか見えなかった。

「コメちゃん！」

壁へ駆《か》けよると、吹きだして来た風と共に、バンという音が、カネルの目の前で響《ひび》いた。

自分には見えないドアがそこに存在し、米子を飲み込んで閉じたことを、カネルは理解した。

「コメちゃんー！」

カネルは絶叫《ぜっきょう》しながら壁を叩いた。そこにドアがあるような感触《かんしょく》はまるでない。

『カネル！　カネル！』

微《かす》かに、向こう側から米子の声が聞こえた。

『開けて！　開けてカネル。こっちのドアノブが壊《こわ》れてる。そっちからなら開けられるから』

カネルは急いで見えないドアノブを探した。どこにも、そんな物がある感触がない。わずかに、ドアがありそうな壁と他《ほか》の壁とでは、温度がちがうのを感じる程度である。

『早く！　早くカネル！　誰《だれ》か来た！　こっちに誰か来る！』

しかしカネルにはドアノブが見えない。

カネルは獣《けもの》のように叫《さけ》び声をあげると、近くにあった椅子《いす》をふりあげ、壁へ叩きつけた。

そのくらいで鉄のドアが壊れるはずがない。

それでもカネルは、なんども椅子をふりあげ、狂《くる》ったように叩きつける。カネルにはもう、ドアを破壊《はかい》する以外に手だてがないのだ。

椅子の背が壊れ、黒板へ弾《はじ》け飛ぶ。

カネルは椅子をつかみなおし、叩きつける。

幾度も——。

4

米子は近づく人影から逃《のが》れるため、通路の反対側へ走りだした。長く延びた通路の先が、左へ折れている。その先になにがあるのかわからない。

少し走ると、右手にドアがあった。隣《となり》、二組の教室へ通じているドアらしい。やはり、ドアノブが壊れている。

誰もドアが見えていなかっただけで、それぞれの教室からこの通路へ、出られるようになっていたのだ。

曲がり角の反対側に一組のドアがぼんやり見えた。ドアノブらしき物が突《つ》きだしている。

(あそこは壊れてない)

米子は急いだ。

しかし、ドアから突きだしているのは、ドアノブではなかった。なにか得体の知れない黒い綿のような物である。

(なにこれ？　ドアノブじゃないの？)

目を凝《こ》らしてもよく見えない。黒い綿の下にドアノブが隠《かく》れているような気もする。しかし得体の知れない物へ、手を伸《の》ばす勇気はない。

横を見ると、足早に近づく黒い人影が、十メートルほどの距離《きょり》まで近づいて来ていた。

米子は汗《あせ》で額に張り付いた前髪《まえがみ》を、ウサ耳をつかんでいる右手の甲《こう》で拭《ぬぐ》った。

(どうしよう!)

一瞬《いっしゅん》だけ、すべての物が鮮明《せんめい》に見えた。

まるで明かりをつけたように、近づく人影がロングスカートを穿《は》いた女性であり、腕《うで》になにか丸い物を抱《かか》えているのがわかった。ちょうど人の頭ほどの大きさだ。

しかし右手を額から離《はな》すと、女性の姿がもとの黒い人型の影へと戻ってしまう。

(あ、このウサ耳のせいだ!)

米子はそれに気づき、そっと、ウサ耳のヘアバンドを頭に着けてみた。

濁《にご》ったフィルターが画面から退《ど》かされたように、あたりの様子が一変する。通路の形やドアの位置は一緒《いっしょ》だが、そこはあきらかに洋館の通路を思わせる場所へと変わっていた。

床《ゆか》は大理石のタイルで、壁《かべ》には絵画が画廊《がろう》のように並んでいる。

近づく人影は、黒いロングドレスに白いエプロンを着けた古い映画に出てくる英国風のメイドである。右腕に丸い水さしを抱えていた。

メイドは立ち尽《つ》くす米子には目もくれず、足早に横を通りすぎ、通路の角を曲がって消えた。

(……メイドさん? どうして?)

そんなことよりも、一刻も早くこの異常な場所から抜《ぬ》けださなくてはならない。米子は一組の教室へ通じると思われるドアへ、目をむける。
ドアノブは付いていた。しかし、どこか変である。大きさが通常の倍もあり、形も整ってい
ない。まるで幼稚園児《ようちえんじ》が粘土《ねんど》で作ったように不自然なドアノブなのだ。
なにか嫌《いや》な予感がして、米子は手をださずにじっとドアノブを見つめた。
ふいにドアノブの上部に、小さな目がふたつ現れた。妖怪《ようかい》である。妖怪がドアノブに化けて
いるのだ。
米子が驚《おどろ》いて身を引くと、ドアノブの鍵穴《かぎあな》の部分が口となって大きく開き「ケケ、ケケ、ケ
ー」と鳥のような鳴き声をあげた。
『お嬢《じょう》さん、外へ出るんでやんすかい？　なら遠慮《えんりょ》なく、あっしを回しちゃってくださいよ。
ぐっと強く握《にぎ》って、ぐりっと回しちゃってくださいよ。このドアのむこうが、二年一組でやん
すよ。さあさあ、どうぞどうぞ』
と、ドアノブが言う。
薄気味《うすきみ》悪いが、このドアノブを回さない限り、教室に戻《もど》れそうにない。米子はうなずいて、
恐《おそ》る恐る手を伸ばす。
指が触《ふ》れそうになった瞬間、鍵穴の口が牙《きば》をむき、米子の手に嚙《か》みついてきた。
米子はすばやく手を引き、難を逃れる。油断していたなら、指のなん本かを喰《く》いちぎられて
いたにちがいない。

『ケケ、ケケ、ケー。残念、残念。お嬢さん、このドアはね、許可された者しか通れないでやんすよ。ケケ、ケケ、ケー』

言うだけ言うと、ドアノブの妖怪は目を閉じて沈黙《ちんもく》した。

「じゃあ、どこからなら出られるの？」

そっとたずねてみるが、反応はない。

別の声が天井《てんじょう》から降ってきた。知り合いのおばさんが、そっとささやいているような口調である。

『出るなら急いだ方がいいよ。このあたりはね、悪い妖魔《ようま》がうようよしてるんだから。見つかったら、頭からバリバリ食われちまうよ』

声の主を捜して見あげると、顔の形をした染《し》みが天井にあり、その口の部分だけが動いていた。

「出口、どこ？」

染みにむかってたずねてみるが『出るなら急いだ方がいいよ。出るなら……』と、同じ言葉をくり返すだけである。

自力で出口を捜すか、カネルに向こう側からドアを開けてもらうしかない。米子は入って来たドアの前に戻ろうと走りかけた。

しかし――。

ショキリ。ショキリ。

ハサミのような音が、通路の前方から聞こえてきた。

ショキリ。ショキリ。

背筋のさむくなる、嫌な音である。しだいに近づいて来る。

『ほらほら、来たよ来たよ』

天井の染みが脅《おど》すような声で言う。

米子は急いで引き返し、通路の角を曲がった。

その通路の奥も途中《とちゅう》から明かりが無く、つきあたりがどうなっているのか見えない。けれど、少し手前の左側の壁に扉《とびら》がひとつあった。ドアノブのちゃんと付いた木製の扉だ。

隙間《すきま》から明かりが漏《も》れている。

ショキリ。ショキリ。背後から近づくハサミの音がふいに止《や》む。

「あれ？　誰《だれ》か来たのかしら？　人の匂《にお》いがするわ」

女の子の声だった。

『いるっすよ。むこうです、むこう。ケケ、ケケ、ケー』

『そうそう、角を曲がった奥よ。美味《おい》しそうな女の子だよ』

ドアノブと天井の染みが、米子の居場所を教えている。

米子はあわてて木製の扉の前へ走り、ドアノブをつかんだ。鍵は掛《か》かっていない。開けて中へ飛び込み――、扉《と》を閉ざす。

そこは、古めかしいホテルのスイートルームを思わせるような部屋の中だった。床には毛足の長い絨毯《じゆうたん》が敷《し》かれ、壁には高級そうなティーカップを飾《かざ》った猫足《ねこあし》の食器棚《だな》が並んでいる。奥の方にある彫刻《ちようこく》の施《ほどこ》された木製ベッドには、レースの垂れた天蓋《てんがい》が付いていた。

「なにをしてるのメアリー？　パーティまでもう時間がないのよ」

三面鏡の前に、真っ赤なウェディングドレスを着た白人女性が座っている。米子にはそう見えた。

胸と背中が大きく開いたドレスで、両肩《りようかた》の袖《そで》が提灯《ちようちん》のように丸く脹《ふく》らんでいる。スカートの裾《すそ》は、あきらかに引きずらないと歩けない長さだ。

そして鏡の中に見える顔だちは、古い白黒映画からそのまま抜《ぬ》け出て来た女優のように、怖《こわ》いほど整っていた。細い眉《まゆ》に猫を思わせる切れ長の目。薄い唇《くちびる》。縦ロールの金髪《きんぱつ》は胸元《むなもと》まで伸《の》びている。

見た目は二十代だが、言葉つきは五十代のような貫禄《かんろく》に満ちていた。

「それにしてもおかしな仮装ね。セーラー服にウサ耳って、この国で流行のアニメかゲームのヒロインかしら？」

鏡の中の視線は、まっすぐ米子にむけられている。

「私に、言ったんですか？」

たずねながら部屋の中へ踏《ふ》みだすと、ベッドのむこうにもうひとつ、木製の扉があるのが見えた。

「他《ほか》に誰がいるの？　そんなことよりメアリー、早く私の髪《かみ》にブラシをかけなさい」

「私、メアリーじゃない」

米子がそう答えると、婦人が眉間《みけん》にシワをよせ、怒《いか》りを堪《こら》えながら言う。

「なんど教えたらわかるの？　誰であっても、私に仕えるレディメイドの名はメアリー、ハウスメイドはナターシャ、執事《しつじ》はケインと決まっているのよ。昔の名は忘れなさい。それが嫌《いや》なら、今すぐ棺桶《かんおけ》に戻《もど》って……」

ふいに言葉を切り、婦人がふりむいた。

「あら？　あらあら、まあまあ……」

あたりに漂《ただよ》う匂いを嗅《か》ぎ、犬のようにしきりに鼻を鳴らす。

「あなた、本物の生娘《きむすめ》じゃないの。こんなところに……。ちょうどよかったわ。デザートの材料が足りなかったところなのよ」

婦人がゆっくりと立ちあがった。砂時計のように、腰《こし》の部分が不自然なほどくびれている。

米子は危険を感じ、身を引いてドアにへばりついた。

「……デザート？」

「そうよ。美と若さを保つデザートなの。かぼちゃのプディングに、生娘の温かい血液をたっぷりとかけるのよ。心配しなくてもいいわ。ほんの少しよ。ほんの一リットルほど、血を分けて欲《ほ》しいだけなの。いいわよね?」

にっこりと微笑《ほほえ》んだ婦人の口許から牙《きば》が突《つ》きだした。まぎれもなく吸血鬼《きゅうけつき》を示す牙である。

5

カネルは壁《かべ》を叩《たた》き続けていた。

すでに椅子《いす》がふたつも壊《こわ》れている。それなのにまったく、壁に傷をつけることができない。叩きつける感触《かんしょく》も変である。布団《ふとん》かマットを叩いているように弾力《だんりょく》があり、音も響《ひび》かないのだ。

通りかかった生徒たちが、カネルの奇行《きこう》を止めることもできずに唖然《あぜん》と見つめている。

「ちくしょう! なんだよこの壁! どうなってんだよ!」

三つめの椅子が壊れ、椅子の足が一本ずつ、カネルの左右の手に残った。

その時——。

一瞬《いっしゅん》だけだったが、カネルの目にもドアが見えた。

結界を作る魔法円《まほうえん》の一部が削《けず》り取られ、効果が薄れたせいである。けれどすぐに魔法円が自己再生し、ドアの存在を消し去った。

「そうか！　わかったぞコンチクショウ！」

カネルは椅子の足を逆手で持ち、魔法円の見えた場所をガリガリと削りだす。

明滅《めいめつ》をくり返す壊れたネオンのように、魔法円がカネルの目の前に現れはじめた。

6

「嫌！」

米子はドアを開け、通路へ逃《に》げようとした。だが、外には幾人《いくにん》ものメイドたちが立ち塞《ふさ》がっていた。

「メアリー、その子を捕《つか》まえなさい」

『はい、奥様』

メイドたちは声を合わせてそう答えると、両目を銀色に発光させ、牙の生えた口を大きく開いた。

米子は悲鳴をあげ、部屋の奥にあるもうひとつの扉《とびら》へむかって駆《か》けだす。もうそこしか逃げ道がない。

ベッドの上を走り抜け、米子は扉のノブに飛びつく。

けれどそこまでだった。

吸血メイドたちの手が、扉を、米子の足を、体を、頭を押さえつける。

「傷つけてはダメよ。鮮度《せんど》が落ちるわ」

「やめてー！」

そう悲鳴をあげると同時に、米子は自分の口から光の粒《つぶ》が飛びだし、扉にあたって雪のように消えるのを見た。

カネルは米子の叫《さけ》び声を耳にすると同時に、ドアに描《えが》かれた魔法円の効果的な消し方を悟《さと》った。星の上部と接している円を削り取るのだ。復元までの時間が他《ほか》の部分を消すより長くかかる。

半円型のドアノブの位置がわかった。カネルは復元を邪魔《じゃま》するように、魔法円を削りながらノブを回す。ドアが開いた。とたんに竜巻《たつまき》のような風の流れが起こり、カネルは通路へ投げだされる。

「どこだよ、コメちゃん！」

立ちあがると風の流れが変わり、ドアが音を立てて閉《と》ざされた。

こちら側にドアノブはない。カネルはすぐに気づいたが、今はそんなことにかまってはいられない。通路の奥から、米子の悲鳴が聞こえているのだ。

両手に握《にぎ》った椅子の足をふりあげ、カネルは「うおーっ！」と声をあげて駆けだす。

壁に体をぶつけながら角を曲がり、目標を睨《にら》みつける。明かりのもれる開かれたままのドア――。米子の叫び声やもみ合うような物音が、そこから聞こえている。

「コメちゃん!」

カネルは部屋の中へ飛び込んだ。

奥の扉の前に米子の姿があった。そして彼女を覆《おお》い隠《かく》すように、五つほどの黒い影《かげ》が取り囲んでいる。三面鏡の横にもひとつ、大きな黒い影が見えた。

「カネル!　こいつらみんなドラキュラ!」

米子が怒鳴《どな》る。

「まあ失礼ね。私はグランベルト・カミューレ侯爵《こうしやく》夫人よ。階級の低いドラキュラ伯爵《はくしやく》と、いっしょにして欲《ほ》しくないわ」

姿はよく見えないが、カミューレの言葉だけはカネルにもはっきり聞こえた。

恐怖《きようふ》がカネルの背筋を駆けあがり、雄叫《おたけ》びのような奇声《きせい》となって口から飛びだす。

その声にカミューレたちが一瞬だけひるんだ。

米子には見えた。カネルの口から雄叫びと共に、光の粒子《りゆうし》が花火のように飛び散るのが――。

カネルは叫びながら、手にしていた椅子の足を十字架《じゆうじか》に組んだ。そのまま米子へむかって走りだす。

十字架を恐《おそ》れた吸血メイドたちが、左右に飛び退《の》く。

ベッドを乗り越《こ》えて走りついたカネルは、米子を背にし、十字架を吸血メイドたちへむけて威嚇《いかく》する。

「だいじょぶかコメちゃん?」

「うん……」

じっとりと汗《あせ》ばんだカネルの背を、米子は抱《だ》きしめた。

「なにをしてるのメアリー。そんな信仰心《しんこうしん》のない形だけの十字架、恐れてはダメよ。すこしばかり火傷《やけど》するだけだから、さっさともぎ取ってしまいなさい!」

『はい、奥様』

吸血メイドたちはスカートをつまんでカミューレに一礼してから、カネルと米子へ爪《つめ》と牙《きば》をむけた。

米子が後ろ手でノブを回し、扉を開ける。

「カネル、早く!」

ふたりは隣《となり》の部屋へ逃げ込み、扉を閉ざして、内側から鍵《かぎ》を掛けた。L字型のフックをかけるだけの貧弱《ひんじゃく》な鍵である。吸血メイドたちがなんどか体当たりすれば、弾《はじ》け飛ぶにちがいない。

中は、広めの物置を思わせる小さな部屋だった。古い木製の机やクロゼット、本棚《ほんだな》などが壁《かべ》に並んでいるだけで、他に通じる扉もない。

「カネル、このクロゼット! 早く!」

米子が扉《とびら》の隣に立つ木製のクロゼットに手をかけた。それでとりあえず扉を塞ごうというのである。すぐに了解《りょうかい》してカネルも手を貸すが、重すぎて思うように動かせない。外で吸血メイドたちが、扉を壊《こわ》そうと激しく叩《たた》いている。

「どいてコメちゃん！」

カネルは米子を下がらせ、クロゼットの上へ飛びついた。横の壁を両足で蹴《け》り、クロゼットを扉の前へ横倒《よこだお》しにする。

それでもまだ充分《じゅうぶん》ではない。ふたりは部屋の中にある椅子《いす》や本の詰《つ》まった段ボールなどを、倒したクロゼットの上や前に積みあげる。

「しかたないわ。誰《だれ》か斧《おの》を持って来なさい」

『はい、奥様』

扉を叩く音が止《や》んだ。斧が用意されるのを待っているのだ。

逃《に》げ道はない。扉と積みあげたバリケードの山が破られるのも、時間の問題である。

「カネル、どうしよう……」

脅《おび》えた米子が今にも泣きだしそうな瞳《ひとみ》をむけ、カネルの手を強く握りしめてきた。

(あの時と同じだ……)

カネルは思いだした。七歳の夏、米子が川で溺《おぼ》れた時のことを――。

# 7

川へは三人で出かけた。カネルと米子、そして米子の父親である。

『深い場所があるから、その岩より先へ行ってはいけない』

その忠告を守らず、カネルと米子は父親が目を離《はな》したすきに、川の中央にある島のような場所へむかった。行こうと言ったのはカネルである。

落とし穴に落ちたように、ふいに川底が深くなり、ふたりは足を捕《と》られた。

カネルは急いでもがき、一歩後ろの浅瀬《あさせ》に引き返す。すぐに水面から顔をあげてふりむいたが、米子の姿はどこにも無かった。

カネルは叫《さけ》んだ。父親が気づき、川へ飛び込んだ。

しかし、その父親も戻《もど》って来ない。

どのくらい時間がたっただろう。カネルにはわからない。スローモーションの映像を見ているように一秒一秒が、意味もなく引き延ばされているように感じられたからである。

やがて米子の父親が、水面から死人のような白い顔をあげた。もがきながら川下の方を指さし、カネルにいくつかの言葉を告げる。

カネルは必死にうなずき、言われた場所へ走った。顔から血を流した米子が、大きな水たまりのような浅瀬に倒れていた。

息はまだある。

通りかかった釣《つ》り人が、すぐに救急車を呼んでくれた。

しかし米子の父親は、そのまま二度と川の中から戻っては来なかった。

『どうしようカネル……。どうしよう……』

それは、病院にむかう救急車の中で意識を取り戻した米子が、カネルの手を握《にぎ》って言った言葉である。

『だいじょうぶだよ。きっと……。きっと、だいじょうぶだよ』

ただそう答えることしか、その時のカネルにはできなかった。

そして今、カネルはもう一度、おなじ言葉を口にしようとしている自分に気づいた。

(だいじょうぶなんかじゃない！　どうにかするんだ。どうにかしなきゃいけないんだ！)

「なんかさー、ものすごく怖《こわ》い夢、ふたりで見てるのかな?　まあ、なんでもいいや。とにかくやるしかないよね。やるしか……。作戦をたてよう」

「作戦?」

「吸血鬼《きゅうけつき》の弱点って、十字架《じゅうじか》とにんにくと太陽の光だから、とりあえずそんなような物がないかどうか調べてみようよ。ええーとそれと、なんか……、もっと他《ほか》にいいものがあれば……」

カネルは言いながらあたりを探す。探しながら、どうすればいいのかを考えようとする。少しも頭が回らない。

(落ち着け。とにかく、落ち着くんだ)

「カネル！　血！」

米子に言われて気づいた。両手が血に染まっている。折れた椅子の角で左の手のひらを、知らない間に切ったらしい。緊張《きんちょう》でまったく、カネルは痛みを感じていなかった。

米子はハンカチをだし、カネルの手に巻こうとする。けれど米子の手が激しく震《ふる》えていて、なんどやってもうまく巻くことができない。

「いいよ。もう止まってるよ」

確かに深い傷ではない。血が固まり、傷口はすでに塞《ふさ》がっている。

しかし米子は許さない。

「ダメ。私のせいだから……、私が変な影《かげ》、見えるようになったりしたから……、こんなことに……。ごめんね。ごめんねカネル……」

今にも泣きだしそうな声でそう言って、米子がうつむいた。

「俺、ぜんぜん平気。モウマンタイ。なんかこれって、ものすごくリアルなバイオハザードやってる気分かな。たぶん、そっちの引き出しの中とか開けると、マグナムとか救急スプレーとか出てきちゃったりして。今回はノーセーブでクリアするつもりだから、セーブ用のインクリボンとかは、いらねー、って感じなんだけどさー。それはともかく、コメちゃんそのウサ耳のコスプレ、キュートでグーだよ」

カネルは声を引きつらせながら、明るくふるまった。長くは続かなかった。

どん！

という鈍《にぶ》い音が響《ひび》いたからだ。扉《とびら》に斧《おの》をふりおろした音である。ギシギシと斧を扉から引き剝《は》がす音がして、また、どん、どん、とふりおろされる。

ドアが壊《こわ》されはじめた。

「ちくしょう……」

ドアの方を睨《にら》みつけながらカネルがつぶやく。その時また、光の粒《つぶ》がひとつ、口から飛びだすのが米子には見えた。

光の粒は蛍《ほたる》のように宙を飛び、横倒《よこだお》しになっているクロゼットの横に当たって消える。

（なんだろう、これ？）

「あっ、カネル！　そこに電話がある！」

それに気づいて米子が指さした。

一台の黒い電話機が、部屋の隅《すみ》で段ボールの下敷《したじ》きになっていた。クロゼットを倒した時、そうなってしまったらしい。

カネルが段ボールの下からひっぱりだすと、それはダイヤル式の黒電話だった。外れた受話器から、発信音が漏《も》れている。

「使える！」

カネルは少し迷ってから、110番をダイヤルした。

吸血鬼に襲《おそ》われている、などと言っても絶対に信じられない。殺人鬼、テロリスト、危ない宗教信者、あたりがいいだろうとカネルは考えた。だが、つながらない。

呼出音が鳴らないのである。119番や時報、家の電話番号などを試《ため》してみるが、同じだった。

「なんだよこれ？　壊れてるのかよ！」

そう言って電話機の裏側を見ると、テープでメモが貼り付けられていた。

『お困りのときは、妖魔術《ようまじゅつ》クラブ111番へ』

「なにこれ？」

米子がメモを覗《のぞ》きこんで首をひねる。

ふりおろされる斧によって、扉の上部に穴があく。そこから、隣《となり》の部屋の明かりがスポットライトのようにふたりの顔を照らした。

――ともかく。

カネルは111をダイヤルしてみた。呼出音が二回鳴り、すぐに電話がつながる。

『はい、こちら妖魔術クラブ』

はきはきとした女性の声だった。妖怪《ようかい》の声とは思えない。

助けてください――。カネルはしどろもどろになりながら、わけのわからない今の状況《じょうきょう》を説明する。本人たちにも、理解できないことである。当然のごとく、わけのわからない説明にしかならない。

それでも受話器のむこうの女性は、状況を把握《はあく》したらしく『なるほど』と相槌《あいづち》を打った。

「とにかく、早く助けてくれよー」

『残念ながら、こちらもいろいろと雑用に追われている身。吸血鬼の十や二十、そちらでどうにかするのです』

「どうにかって言ったって……」

『そのくらいのことができなくてどうするのです。これからの人生、生きていけませんよ。まず、壁《かべ》の本棚《ほんだな》にある、メラ式退魔円作成の基礎《きそ》I、という本を取るのです』

受話器を置いてカネルは本棚に走る。その受話器をつかんで、米子が叫《さけ》ぶ。

「教えて。どうしてこんなことになってるの？」

『あなたたちも私たちも、大きな結界の内側に居るのです。抜《ぬ》けだしたいなら、この部室まで自力で来るのです。いいですね狛止米子さん』

カネルも米子も、名前を告げた覚えはない。

「あった！」

本をつかんで、カネルが受話器の前へ戻《もど》って来る。

『ありましたか？　では次にその本の百……ページを開き……』

雑音が入り言葉が途切《とぎ》れた。

「もしもし！」

回線が切れており、受話器からは雑音さえ聞こえて来ない。

丸く開いた扉の穴から飛び込んで来た一匹《ぴき》の朱色《しゆいろ》のコウモリが、電話線を壁から抜いたのである。

「あらあら、どこに電話するつもりだったの？　残念だけどここの電話はね、半年前の大戦以来、学園の外へはつながらなくなっているのよ」

コウモリの身体《からだ》が飴《あめ》のように長く伸《の》び、電話線を手にしたカミューレへと変わる。

続いて、吸血メイドたちもコウモリに変身し、次々と穴を抜けて部屋の中へ飛び込んで来た。

カネルは椅子《いす》の足で十字架《じゆうじか》を作り、米子といっしょに部屋の隅まで下がる。

――もう後がない。

「さあ、おとなしく降参したらどうかしら。デザート作りに協力してくれるなら、痛くないようにそっと血を抜いてさしあげるわよ」

カネルの十字架を恐《おそ》れながらも、吸血メイドたちがじりじりと迫《せま》る。

米子は本を開いた。聞き取ることができなかったが、百なんページかにこの危険から逃《のが》れる方法があるはずだ。

本にはいくつもの魔法円が描《か》かれていた。召還《しょうかん》、追儺《ついな》、退魔。ページをめくるたびに、色の違《ちが》う光の粒子《りゅうし》が魔法円から飛びだして来るのが米子には見えた。そのひとつに、十字架と同じ色の光を放つ物があった。

（これかもしれない）

標準型高等退魔円Aの35B。『静寂《せいじゃく》な光と時の詩をエノク語で唱えることにより、その効果を増す』と書かれているが、米子には意味がまるでわからない。

「あらあら、応じるつもりはないようね。メアリー、やっておしまいなさい」

『はい、奥様』

米子は本を大きく開き、そのページをカミューレたちへむけた。退魔円から光の粒子が噴《ふ》きだすのが米子には見えた。

粒子を受けた吸血メイドたちは、悲鳴をあげて苦しげにもがきだす。

「まあ、なんて悪い子たちなんでしょう。そんな物を持ちだすなんて。でもね。メイドたちはともかく、その程度の退魔円、私には少しも……」

言いながらカミューレが、右手を前へかざし、噴きだす粒子を遮《さえぎ》りながらカネルたちへ歩《あゆ》んで来る。

「来るなー！」

カネルが十字架を突《つ》きだす。カミューレは軽くその十字架を払《はら》い飛ばし、米子の本に手をかけた。

その時――。

ページの間から、一枚の紙がカミューレの足もとに落ちた。

正円の中央に『雨丈《あまたけ》』とだけ、漢字が書かれた紙である。

それを目にしたとたん、カミューレが顔色を変えて大きく後ろへ飛び退《の》く。

カネルは急いで紙を拾いあげ、それを前へかざした。

米子には見えた。ほんの微《かす》かに、その紙からも粒子が飛びだしている。しかし、とても他《ほか》の魔法円のような、強い効果をもたらすとは思えない。

けれどカミューレは大きく頭を横にふって、ため息をこぼした。

「あらあら、まあまあ……。折角の乙女《おとめ》の血だったのに……。そんな護符《ごふ》を持っているなんて……。残念だけど今回は、あきらめるしかないようね」

『そんなことはありませんわ、カミューレ夫人』

横の壁から声が響《ひび》いた。女の子の声だ。

シャリン――。

眩《まばゆ》い光と共に、部屋の壁が、クロゼットや本棚を巻き添《ぞ》えにして、丸く斬《き》り取られて崩《くず》れ落ちる。

直径一メートルほどの穴が開いた。そこから覗《のぞ》ける部屋の外の通路に、制服姿の女子中学生が立っていた。紅椿学園の制服ではない。ウエーブのかかった長い髪《かみ》と、頭の上に着けている大きく赤いリボンが印象的である。

その姿はカネルにもはっきりと見えた。妖怪《ようかい》ではない。あきらかに人間である。

しかし、その女生徒が手にしている鎖《くさり》の先がよく見えない。宙に漂《ただよ》う黒い影《かげ》の中へ消えている。ただ、その影の中から、
ショキリ、ショキリ。

と、ハサミのような音だけが聞こえて来る。

米子には見えていた。手にした鎖の先は、人の背丈《せたけ》ほどもある龍《りゅう》に似た怪物の首につながっていた。龍は、まるで水の中に浮《う》かんでいるように宙を漂いながら、ときおり、
ショキリ、ショキリ。

と、爪《つめ》を鳴らす。長いカマのような爪である。左右の前足に、三本ずつ突きだしている。龍が前足の指を動かすたびに、爪どうしが当たり、ハサミのような音を発するのだ。

通路で耳にした音が、これだったことを米子は知った。

「あら、ロロミちゃん、お久しぶりね」

カミューレが親しげに声をかけると、ロロミと呼ばれた女生徒は微笑《ほほえ》んで一礼する。

「こんにちは、カミューレ夫人」

「それにしても、相変わらず大胆《だいたん》な登場の仕方ね」

「ごめんなさい。あたし、ドアを開けるの苦手ですの」

言いながらロロミは、指を動かし宙になにかを描《えが》きはじめた。魔法円《まほうえん》である。光る粒子がロロミの指先に集まり、空中に描かれてゆく。○の中に☆と、いくつかの不可思議なマーク。

「ところで、なんの御用《ごよう》かしらロロミちゃん。もしかして、この娘《むすめ》さんの代わりに、ロロミちゃんが、デザート用の血を分けてくださるとか？」

「いいえ、それはできませんわカミューレ夫人。でも、お手伝いいたします」

「手伝う？」

「はい」

「でも、あの子たちはアマタケの護符を……」

「あれは偶然《ぐうぜん》、手に入れたもの。本人から受け取った物じゃありませんわ。ですから……」

ロロミは小さく「エウーハ」と祈《いの》り、空中に描いた魔法円をカネルたちへむけて飛ばした。

魔法円は小さな炎《ほのお》となり、カネルの手にしていたアマタケの護符を、一気に燃えあがらせた。

「アチッ！」

あわてて手を放《はな》すと、護符は床《ゆか》に落ちる前に微かな煤《すす》を残して燃えつきる。

「あらあら、そんなことしても、だいじょうぶなの」

「はい、この責任はロロミが持ちます。好きなだけ、その子たちの血を奪《うば》っちゃってください」

「あらまあ、助かるわ」

「なんだよおまえ！　なんでこんなことするんだよ。おまえ人間じゃないのかよ！」

カネルが怒鳴《どな》ると、ロロミは素直《すなお》に頭をさげた。

「ごめんなさい。許してください。恨《うら》みがあるわけじゃないです。でも、魔法円ひとつ満足に作れないあなたたちに、あたし、邪魔《じゃま》されたくないですの。どうか迷わず成仏《じょうぶつ》してください。それでは、カミューレ夫人、ごきげんよう」

言うだけ言うと、ロロミはスカートの裾《すそ》をひるがえして、足早に去ってゆく。

「ごきげんようロロミちゃん。今度ゆっくり遊びにいらしてね。紅茶とケーキ、用意しておくわ」

手をふってロロミを見送ったのち、カミューレは「さて……」と笑みを浮かべ、カネルたちにふりむいた。

「来るな！」

カネルが叫《さけ》び、本の退魔円をかざす。光の粒子《りゅうし》が飛ぶ。本の中だけではなく、カネルの叫び声や、身体《からだ》全体からも微かだが出ている。

けれどカミューレには効果がない。右手をかざし、粒子をさえぎりながら歩みよって来る。

（もしかすると……）

米子は思った。

（あの子は魔法円を空中に描いた。人間なのに……。もしかすると、見えないだけで誰《だれ》にでも作れるのかもしれない）

ロロミを真似《まね》て、米子は宙に魔法円を描いた。いびつではあるが、同じように粒子が集まり、それらしき物が目の前にできあがる。いくつかの記号も、うろ覚えで正しくない。

それでも――。

「エウーハ！」

米子がそう叫んでカミューレを指さすと、魔法円が光の弾《たま》となって飛んだ。

光の弾は油断していたカミューレの胸を撃《う》つ。

悲鳴をあげて、カミューレが後ろへ倒《たお》れこんだ。だが死んではいない。拳《こぶし》で殴《なぐ》りつけられた程度のダメージである。

「今だ！」

カネルが米子の手をつかんで走りだす。ロロミの開けた穴を抜《ぬ》けて、通路へ。

そして走りだす。ともかくロロミが去ったのとは反対の方角へ――。

8

「今、なにやったのコメちゃん」

「わかんない。でも……」

不可思議なヘアバンドの効果で光の粒子が見え、そして魔法円が使えるということを米子は理解した。

通路の前方に扉《とびら》が見えた。

「なにをしてるのメアリー、早くあの子たちを捕《つか》まえなさい！」

カミューレの怒鳴り声が通路にこだまする。

『はい、奥様』

羽音と鳴き声をあげながら、コウモリに姿を変えた吸血メイドたちが追って来る。

——速い。

カネルはコウモリたちへ本の退魔円《たいまえん》をむけた。とたんにコウモリたちは方向を狂《くる》わせ、壁《かべ》や天井《てんじょう》にぶつかって落下してゆく。

しかし、カミューレの変身した赤いコウモリには効かない。

米子が魔法円を宙に描き、撃つ。

「エウーハ！」

カミューレのコウモリが旋回《せんかい》し、光の弾から逃《に》げる。ただ逃げたわけではない。光の弾に速度を合わせ、上から叩《たた》き落とす。

床に叩きつけられた光の弾が、砕《くだ》け散って消えた。

「さっきは油断しただけよ。この程度の魔法円、私に二度は通用しないわ」

カミューレのコウモリが速度をあげて戻《もど》って来る。

米子はもう一度、魔法円を撃つ。通用しないのはわかっている。それでも、時間を稼《かせ》ぐことはできた。

ふたりはドアの前へ——。カネルがノブに飛びつく。鍵《かぎ》は掛《か》かっていない。急いで開く。

カミューレが来た。数メートルの距離《きより》。

米子は三度めの魔法円を放つ。威力《いりよく》の弱い光の弾だった。

カミューレは逃げたが、光の弾はそのまま飛び続ける力もなく、床《ゆか》に落ちて自然消滅《しようめつ》してしまう。

撃つたびに威力が落ちることを——、無限に撃ち続けられないことを——、米子は覚えた。

「コメちゃん!」

カネルが米子の手を引く。ふたりはドアの内側へ飛び込んだ。内側から鍵を掛ける。鉄の扉である。鍵もそう簡単には壊《こわ》されない。

だがドアの上部に、ガラスのはめ込まれた小さな窓がある。斧《おの》で割り、コウモリに変身すれば、簡単に通り抜けられてしまうだろう。

ふたりは奥へ急ごうとした。

教室ほどの広さがある部屋だった。造りかけのまま放置されたらしく、コンクリートの壁や床がむきだしになっている。奥にある同じような鉄の扉と、非常灯の薄明《うすあ》かり以外はなにもない。

しかし、ふたりはそれ以上、進むことができなかった。

無数の妖怪《ようかい》たちが、ふたりの前に立ちふさがったからである。

三つ目入道、ひとつ目小僧《こぞう》、油すまし、カッパ、蛇女《へびおんな》、カラス天狗《てんぐ》、狂骨《きょうこつ》、あかなめ、あずき洗い、とうふ小僧、一反木綿《いったんもめん》、かまいたち、百々目鬼《どどめき》、逆さ首。どうにか種類のわかるものだけでこれだけいるが、大半が名前も種類もわからない妖怪たちだ。

「なんだ?」「人間だ」「なぜここにいる?」「うまそうだ」「食っていいのか?」「知らん」「まずいかもしれん」「でも、人間だ」「人食いは禁止だぞ」「そうだな」「でも、足一本くらいなら……」「そうか?」「そうかもしれん」「うん」「うまそうだ」「うまいかもしれん」

米子には見えているがカネルには見えていない。ただ、嫌《いや》な気配を発する黒い影《かげ》たちが、徐々《じょじょ》に近づいて来ている。そう見えるだけだ。

そして「うまそうだ……」という声がぼんやりと聞こえた。

カネルは本を開き、退魔円をむける。

「ぬぬ……」「ほほう……」「おやおや……」

二割ほどの妖怪たちが、退魔円を見て部屋の隅《すみ》へ逃げてゆく。だが八割の妖怪たちには効果がない。

「我々に敵意をむけるということは……」「敵だ」「悪い奴《やつ》だ」「ベロルかもしれん」「そうだ」「そうかもしれん」「食え」「食ってしまえ」

妖怪たちが怒《おこ》りはじめたのを知り、米子は急いでカネルに本を閉じさせた。

「ダメ！　効果ないし、怒らせてるだけ」

「じゃあ、どうすれば……」

バン！

ドアの窓ガラスに斧が撃《う》ちおろされた。針金入りのガラスだが、そう長くは保《も》たない。

「そうか！　あれだ！」

なにか閃《ひらめ》いたカネルは、妖怪たちへ背をむけると、胸ポケットから生徒手帳を取りだし、後半にあるメモの部分を開いた。手のひらの傷を齧《かじ》って少し血を滲《にじ》ませると、それを指につけて書く。

〇に雨丈の文字である。

「これでどうだ！」

むけると妖怪たちがどよめいた。

「ぬお！」「アマタケ様の護符《ごふ》だ」「アマタケ様のお仲間か？」「アマ連の方か？」「これはいかん！」「敵ではない」「道を開けろ」「道をお開けするのだ」

妖怪たちがワイワイと左右に分かれ、ふたりに道を開く。

（やった！）

カネルは小さくガッツポーズをしてから、米子の手を引いて走りだす。奥のドアへとむかって――。

だが、

「待て！」

こん棒を持ったひとつ目の鬼が、ふたりの前に立ちはだかった。

「俺は知ってるぞ。この護符は偽物《にせもの》だ。これはアマタケ様の字ではない」

それを聞いて妖怪たちがどよめいた。

「そうなのか？」「偽物なのか？」「我々を騙《だま》したのか？」「我々のために死んだアマタケ様の……」「名を汚《けが》したのか？」「許せん」「許せんぞ」「食え！」「食ってしまえ！」

妖怪たちがぐるりと、ふたりを取り囲む。

「待て」

部屋の隅から声が響《ひび》いた。

きらびやかな着物を纏《まと》い、背中に刀を背負った侍風《さむらいふう》の男である。侍にしては、女のように髪《かみ》が長い。その長い髪をかきあげて、男は涼《すず》しげに言った。

「その護符が偽物だという確信はあるのか？　もし本物だった場合、丈斗《たけと》を裏切ったことになるのはおまえたちだぞ」

「確かにそうだ」「そのとおりだ」「おい、どうなのだ？」「本当に偽物なのか？」「よく見ろ」「その目を大きく開けてよく見ろ」「どうだ？」「どうなのだ？」

そう言われて、ひとつ目の鬼《おに》は急にうろたえはじめた。

「いや、その……。おそらく、たぶん……、確実にちがうと思うのだが……。月華《げっか》よ、おまえこそどうなのだ。アマタケ様とは俺たちより親しかったではないか」

月華と呼ばれた侍風の男は、よく見もせずに大げさに首をひねった。

「さあなー、俺にもわからんなー。本物か偽物なのか……。なんにしろ、それは遊天《ゆうてん》に判断させればいいことだ。俺は関与《かんよ》しないぞ」

そう言うと月華は大きなあくびをこぼし、壁《かべ》に寄りかかって目を閉じた。

「なるほど、そのとおりだ」

「アマタケ様の護符を偽造《ぎぞう》した奴を、遊天童子《どうじ》が許すわけがない」

「そうだそうだ」

「遊天童子に成敗させよう」

ひとつ目の鬼も「そうしよう」とうなずき、道を開けた。

わけがわからないが、ともかく通るのをゆるされたことを知ったカネルと米子は、急いでそのドアの前へと走る。

背後で、ガラス窓の引き裂《さ》かれる音が響いた。コウモリたちの羽音と鳴き声が、部屋の中へ入って来る。

ふたりはドアを開け、中へ——。そして同じように内側から鍵《かぎ》をしめる。けれどこのドアも同じだ。上部にガラス窓がある。

逃《に》げ道を探してふたりはあたりを見まわした。

中央に柱がひとつ立っているが、そこは教室ふたつ分ほどの広さがあった。駐車場《ちゆうしやじよう》かなにかだったのか、古びたスクーターが一台、正面にある両開きのドアのすぐ横に倒《たお》れている。しかしそのドアは、なん枚もの板が打ちつけられており、とても開きそうにない。

だが、左右の壁にもひとつずつドアがある。

「コメちゃんそっち、俺、こっちを見る」

手分けして走り、ドアを確認《かくにん》する。

「ダメ! 開かない。鍵が掛《か》かってる。カネルの方はどう?」

「こっちもダメだ!」

逃げ道がどこにもない。

「ちくしょう!」

カネルは打ちつけられた正面のドアに走り、板を外そうと試みた。びくともしない。

それでもカネルは助走をつけ、ドアに強い蹴《け》りを加える。

——効果はない。

いや、微《かす》かに隙間《すきま》ができて、糸のように細い陽射《ひざ》しがドアの下の方に射《さ》し込んだ。

その穴から外を覗《のぞ》くと、金属の棒によってバリケードが組まれているのが見えた。確実に、体当たりくらいでは開くことのできないドアである。たとえそれなりの道具があっても、壊《こわ》すのには時間が必要だ。

ドアの横にあるスクーターは、燃料どころか車輪がふたつとも無い。

「ダメだ……」

カネルが呟《つぶや》くと、ドアのガラス窓に斧《おの》がふりおろされた。もうまもなく、カミューレたちがこの部屋の中にも雪崩《なだ》れ込んで来るだろう。

「ごめんねカネル、私のせいだから……。もういいよ。もう……」

「もういいってなんだよ？」

「私、交渉《こうしょう》する。カネルだけは助けてくれるように……。私さえ犠牲《ぎせい》になれば……」

「なに言ってんだよ！」

「私、もう死んでるの。あの時、川に落ちて、父さんといっしょにもう死んでるの。そう思えば……、そう思えば……」

「ふざけるなよ！　なんのために米子の父さん、死んだと思ってるんだよ。おまえを助けたくて死んだんだぞ……」

「私が死ねばよかった。父さんじゃなくて私が……。そうすれば、お母さんも、苦労しなくてすんだ。今だって……、私がいなくなれば、お母さん、夜遅《おそ》くまで働かなくてよくなる」

「……俺……。俺、米子の父さんに頼《たの》まれたんだ。あの時……。川の中で最後に見たあの時……」

——『米子を頼む。あの子を守ってやってくれ』——

「俺、約束した。それに、俺のせいだ。川の危ないところに行こうって、言った……。俺だ。俺のせいだ。俺があんなこと言わなければ米子も溺《おぼ》れなかったし、おまえの父さんだって……。だから……、だから俺、おまえを守らなきゃならないんだ」

ドアのガラス窓が砕《くだ》け散り、コウモリたちの群れが飛び込んで来た。

カネルは本をかざし、コウモリたちへむかって走りだす。

「——だから絶対！」

「カネル！」

米子はカネルの元へ——。

しかし、赤いコウモリがカネルの手にしていた本を部屋の隅《すみ》へ弾《はじ》き飛ばす。そしてすばやく、カネルの目の前で人型へと変わった。

「遊びはもう終わりだよ！」

カミューレが白い牙《きば》をむきながらカネルを殴《なぐ》り払《はら》う。カネルの身体《からだ》は一気に、打ち付けられたドアの前まで弾き飛んだ。

米子は急いで魔法円《まほうえん》を描《えが》こうとした。だが、距離《きょり》が近すぎた。描き終わる前に、カミューレにその腕《うで》をつかまれ、羽交《はが》い締《じ》めにされる。

「やっと捕《つか》まえたわよ。私のおいしそうな、ウサギちゃん」

カミューレは米子の首筋を長い舌で舐《な》めあげてから、軽々と小脇《こわき》に抱《かか》えて入って来たドアへと歩きだす。

「お願い。カネルだけは助けて！」

「あらあら、もう少し早くそう言ってくれたなら私も考えたけど、……残念ね」

カミューレは立ち止まって、コウモリから人型へと姿を変えた吸血メイドたちへ、笑いながら言う。

「ご褒美《ほうび》よ。そっちの坊《ぼう》やは、あなたたちの好きにしていいわ」

『はい、ありがとうございます。奥様』

七人の吸血メイドたちが、血を吸える喜びに震《ふる》えながら、我先にとカネルへ詰《つ》めよる。

カネルは身を起こして怒《ど》鳴《な》った。

「米子を返せ！」

カミューレが笑う。

詰めよった吸血メイドたちの足が止まった。ドアの隙間から射し込んでいる糸のように細い太陽の光が怖《こわ》いのである。だが、触《ふ》れなければ問題はない。

じりじりとカネルへ歩《あゆ》みを進める。

（そうか！）

カネルは横に倒《たお》れているスクーターのサイドミラーをもぎ取り、一筋の太陽光を反射させた。

それを吸血メイドのひとりへ——。

ジュッ！

焼ける音と共に、額に穴があいた。吸血メイドは悲鳴をあげて転げ回る。

なぎ払うように光を動かすと、吸血メイドたちが次々と倒れ、コウモリとなって逃《に》げまどう。

「米子を返せ！」

異変に気づいてふりむいたカミューレの胸に、カネルは光をむけた。

ギャッ！

と悲鳴をあげたカミューレは米子を投げだし、すばやくコウモリに変身した。

カミューレを狙《ねら》ってカネルは光を動かす。しかし、ジグザグに飛び回るカミューレの動きが速すぎてうまく当てることができない。

「私のこの美しい肌《はだ》に傷をつけるなんて！　もう許さない！」

中央にある柱の陰《かげ》に逃げ込んだカミューレは、人型に戻《もど》ると、憎悪《ぞうお》を炎《ほのお》に変え、両手の間に

火炎《かえん》の玉を作りはじめた。

「許さない！　許さない！」

うなりながら、火炎の玉をさらに大きく膨《ふく》らませてゆく。

「跡形《あとかた》もなく、焼き殺してやる！」

ビーチボールほどに膨れあがったそれを、カミューレは柱の陰からカネルへ投げつけようとした。

その時――。

「エウーハ！」

後ろから放った米子の魔法円の光が、カミューレを柱の外へと撥《は》ね飛ばす。

そこをカネルの光が撃《う》つ。

カミューレの足もとに落ちた火炎の玉が、カミューレ自身を火に包んだ。

甲高《かんだか》く二度めの悲鳴をあげたカミューレは、身体を燃えあがらせたままコウモリとなり、狂《くる》ったような動きで破れたドア窓から奥の部屋へと逃げてゆく。吸血メイドたちのコウモリも、そのあとを追って姿を消した。

「助かった……」

つぶやいてへたれこんだカネルへ、米子が泣きながら抱《だ》きついてきた。

あうあう、と言葉にならない声で、なにかを言う。

「泣くなよコメちゃん。俺たち助かったんだから、笑おうぜ。俺たち吸血鬼《きゅうけつき》を退治したんだ。皆《みんな》に言ったら笑うよなー。教室の隣《となり》に、こんな世界があるなんてのも……。ところでさー、吸血鬼の嫌《きら》いな食べ物、ニンニク以外に知ってる？　吸血鬼《バンパイア》だけにパパイア、なんちって。……笑ってくれよコメちゃん。それがダメなら、せめて突《つ》っ込んでくれよー」

米子は泣きながら二本の指を突きだすと、そっとカネルの鼻に突っ込んだ。

9

昼休みの終わりを告げるチャイムが、遠くでぼんやりと鳴っているのを耳にして、ふたりは自分たちが現実とは思えない現実の世界にいることを思い知った。

「とにかく出口を……」

言いながらカネルが立ちあがりかけた時、奥から聞こえてきた。妖怪《ようかい》たちのいる部屋の奥からである。

女性の歌声だ。陽気に歌っているのだが、今のこの状況《じょうきょう》では不気味である。

「うーさぎ、うさぎ、ピョンピョン跳《は》ねる♪」

そして、バーンとガラス窓の破れたドアを開け、不可思議な人物が現れた。

ウサ耳に、ウサ靴《ぐつ》、フリルの多い薄《うす》ピンク色のロリータ系の服に、ウサギ型のリュックを身につけた年齢不詳《ねんれいふしよう》の女性である。中学生のように見えるが、二十歳《はたち》をすぎているようにも見える。はっきりとその姿が見えているのだから、妖怪ではないらしい。

カネルと米子は恐怖《きようふ》に身を震えあがらせた。

人は、得体の知れない物に恐怖を感じる。恐《おそ》ろしい姿をした妖怪さえも、存在しているのだと理解すれば、そう怖いものではない。

だがこの女性は、カネルたちにはまるで理解しがたい存在である。なぜそんな格好をしているのか？　なぜあの妖怪たちが平気なのか？　本当に人なのか？

なにもかもわからない。

ウサギ女は、甲高い声で「ヤッホー！」とふたりに手をふる。

カネルと米子は恐怖に声もだせず、固く身を寄せ合った。

「いやー、こんなところで白昼堂々とちちくりあうとはもう、今どきの青少年は、油断もすきもないねー。お姉さんも鼻血ブーッだよ！」

ウサギ女はノーテンキにそうまくしたてたのち「うーさぎ、うさぎ」と歌いながら、スキップでふたりの横を通過してゆく。

そしてポケットから鍵《かぎ》を取りだし、横のドアを開ける。眩《まばゆ》い陽射《ひざ》しが射しこんだ。

「出口だ！」

ふたりは急いで立ちあがると、ウサギ女を追うようにして、そのドアから外へ――。短いコ

ンクリートの階段をあがり、裏庭の一画へと出る。

　見まわしたがもうどこにも、ウサギ女の姿は見えない。

「コメちゃん……、出られた……」

「うん、そうみたい……」

　二度と出られないかもしれないと思っていた地下校舎から、信じられないほどあっけなく出られたのである。

　ふたりは雑草を踏《ふ》みしめ、学園の外へむかって歩きだす。自分たちのいる場所が立ち入り禁止区域で、途中《とちゅう》に高い鉄柵《てっさく》がはりめぐらされているのを知っていたからだ。校舎に戻《もど》るには、一度、敷地《しきち》の外へ出て校門へ回る必要がある。

　しかし、ふたりは壁《かべ》にぶつかり、学園の外へは出られなかった。

　見えない壁だった。鉄のように硬《かた》く、空気のように透明《とうめい》な壁だった。

　――『あなたたちも私たちも、大きな結界の内側に居るのです。抜《ぬ》けだしたいなら、この部室まで自力で来るのです』――

　ふたりはぼんやりと、電話の女性から聞いた言葉を思いだした。

# 第二話　渡る世間は鬼だらけ!?

## 1

ともかく教室へ戻ろう。五時限めの授業が始まってしまう。カネルと米子はそう考え足早に歩きだした。

見えない結界によって、学園の外へ出られないのだから、鉄柵を越《こ》えて校舎へ戻るしかない。

(もしかすると、結界によって校舎の中にさえ戻れないかも……)

という不安が頭の中を横切るが、カネルはそれをふり払《はら》って陽気な声をあげる。

「コメちゃん次の授業なに？　こっちは数学だよ数学。怒《おこ》ると怖《こわ》いあのデンジャラスじいさんなんだよなー。なんかもう、大魔神《だいまじん》みたいな顔になって、額にピクピク青筋が走っちゃうんだよ。魚屋の店頭ならもう鮮度《せんど》バッグンってな感じでさー。それが今にもプシューって切れて逝《い》っちゃいそうで、ハラハラドキドキもんなんだよねー。前列の生徒なんか全員、いつ血の雨が降ってもいいように傘《かさ》を用意してるくらいだし。ってそれは言いすぎ!」

笑えないマシンガンジョークを飛ばしながら、カネルは無意識に米子の手をつかんで前を歩いていた。

小学二年生ごろまで、ふたりはよくそうやって歩いていた。そうすることでカネルは、米子を守っている気がしていたのである。いつしか米子が人目を気にしてふり払うようになり、カネルも手をつなぐことをやめていた。

けれど今は、米子もその手をふりほどこうとはしない。不安だからなのか、気が動転しているからなのか、カネルにもわからない。

カネルは嬉《うれ》しくて、しゃべり続ける。

「ヤバイよヤバイよー。完全に遅刻《ちこく》だよ。マジで血の雨が降るよ。豪雨《ごうう》だよ。遅刻の理由どうしよう。バンパイアと戦ってましたなんて言えないよなー。そんな答えは、ハンパでイヤー。なんちって。それでコメちゃんの方はなんだっけ?」

「私、理科」

「リカ? 私、リカちゃん、お電話ありがとうって。そのリカじゃない! はいわかってます。ボケすぎでゴメン。リカちゃんはとりあえず、棚《たな》の上のこのあたりに、そっと置いといて……」

米子がカネルの手をすばやくふりほどく。

カネルは一瞬《いっしゅん》、怒られたのかと肝《きも》を冷やして米子を見た。

そうではない。米子の視線は、前方にある鉄柵のむこうへと伸《の》びている。

ジャージ姿の体育教師が厳しい顔でこちらに歩いて来ているのが、カネルにもわかった。

「うわーっ、ヤバ。よりによって鬼教師のゴンタだよー」

小声で言いながら、カネルは腹をくくった。地下校舎で吸血鬼《きゅうけつき》と戦ってましたなどとは話しても信じてもらえるわけがない。

「先生！　やっと見つけましたよー。幸せを呼ぶ四つ葉のクローバーです。先生のために、僕たちここでずっと探してたんですよー。うわっ！　無い！　無いぞ！　たった今、見つけたばかりの四つ葉のクローバーが僕の手の中から消えた！　世界の七不思議だー」

だからといって、こんなカネルの猿芝居《さるしばい》を教師が信じるとは思えない。

米子はため息をついて、頭を抱《かか》えた。抱えたひょうしに、ウサ耳を着けたままだったことに気づき、あわててはずす。

とたんに、あたりに見えていた妖怪《ようかい》たちの姿が薄《うす》れる。カネルには言わなかったが、米子はずっと不可思議な妖怪たちの姿を目にしていた。

上空をヒラヒラと舞《ま》う数枚の白い紙。

放置されたドラム缶《かん》の上で、伸び縮みをくり返す緑色の餅《もち》のような物体。

校舎の壁に張りつき『アオーン！』と鳴き声をあげる六本足のワニ。

『ふーん、そう。いいねそれ。いくら？　ふーん、そうなんだ』などと、ぶつぶつ言いながら転がってゆくトラックの古タイヤ。

——などである。

地下校舎の妖怪たちのように、米子たちに敵意や関心を示すことはない。鳥や虫とおなじように、こちらがなにかしなければ無害な存在である。

それらがウサ耳をはずしたとたんに、ぼんやりとした黒い煙《けむり》の塊《かたまり》のような影《かげ》へとかわってしまう。

「いや先生、ほんとうなんです。四つ葉のクローバーは消えましたが、ほらここに、なんと幸福の草ゴールデンチワワ草を発見！　この幸福の草を三つ集めると、な、なんと！　豪華《ごうか》、町内会一周の旅にご招待！」

無言で近づく鬼のように怖い教師の威圧感《いあつかん》に、自分でもなにを言ってるのかわからない。

しかもカネルは無意識に、魔法円を教師へとむけていた。無論、人に効果はない。

けれど、教師は金網《かなあみ》の前でぷいと左へむきを変え、そのままカネルたちの前から遠ざかってゆく。

「あれ？　先生、無視ですか？　突《つ》っ込みもなし？　そんなに怒ったんですか？　それとも聞こえてないとか？　いや、それならそれで、こちらもありがたく……。ではどうも、おたっしゃで……」

無視したという感じではなかった。教師はただ、前方から歩いて来て道なりに角をまがったにすぎない。視線は最初から、ふたりにむけられてはいなかったのだ。声も届いてない……？

（もしかすると、カネルと私の姿、先生には見えてなかったかも？

普通《ふつう》の人に、妖怪が見えないみたいに）

去ってゆく教師の背中を見送りながら、米子はそんな不安を抱《いだ》いた。

「とにかく……、教室へ行こうコメちゃん」

鉄柵《てつさく》の破れ目から校舎へと戻《もど》ったふたりは、教室のドアを開け、その不安が的中していたことを知った。誰《だれ》も、ふたりの存在を認識《にんしき》してくれないのである。妖怪と同じように――。

教師は黙々《もくもく》と授業を進め、生徒は誰ひとり、カネルたちへ視線をむけようとしない。

「遅《おく》れてすみませーん。道草を食ってました。それはもう山羊《やぎ》のようにもしゃもしゃと……」

カネルが大声を張りあげるが、反応がない。

「あれ？　無視ですか？　もしかしてこれって、新手のいじめですか先生！」

教壇《きょうだん》へ詰《つ》めよって、カネルは教師の耳元で叫《さけ》んだ。

「もしもーし、聞こえますかー？　グルになって大規模な村八分いじめ決行中ですか？　どうなんですか先生！」

カネルは教師の肩《かた》に手をかけて、大きく揺《ゆ》すってみた。教師の体が、大きく左右に動く。

それでも教師は、カネルの存在を認めようとはしない。首をひねり、教壇のどこかにへこみがあったのではないかと、足で軽く踏《ふ》みしめたのち、授業を進める。

「カネル、あれ見て……」

米子が教室の隅《すみ》を指さす。

カネルの目にも、ぼんやりとではあるが、見えた。妖怪たちの棲《す》む、使われていない地下校舎へ続く、鉄の扉《とびら》である。描《えが》かれている魔法円《まほうえん》も、うっすら光って見えている。

「扉、見える？」

米子の問いに、カネルがうなずいた。

「じゃあ、あれはどう？」

と、こんどは天井《てんじょう》を指さす。

カネルの目には黒い煙のような塊が見えた。

「見える。黒い綿みたいな奴《やつ》」

米子にははっきりと見えていた。人の顔を持つ、巨大《きょだい》ハサミ虫のような姿をした妖怪である。背中に引き出しのような物をくくりつけている。

「あぶない奴か？」

と、カネルが退魔円をむけようとするのを、米子が止める。

「だいじょうぶ。悪い妖怪じゃないみたい」

「ならいいけど……」

ハサミ虫の妖怪がなにか言いながら、天井を横切ってゆく。

意識を集中させると、カネルにもその声が聞こえた。

「いらんかねー。いらんかねー。チョキチョキするよ。いらんもん切るよ。なんでも切るよ。一回、百五円。一回、百五円」

「なんで消費税が付いてんだよ？　妖怪《ようかい》も、税金払《はら》ってるのかよ、おい！」

そういう突っ込みだけは、確実にするカネルだった。

「カネル、どうしよう……」

米子が言葉を切り、鉄の扉を不安そうに見つめる。

「よし。行こう」

カネルは米子の手を引いて、廊下《ろうか》へと出る。

「どこに？」

「決まってるよ。妖魔術《ようまじゅつ》クラブの部室だよ。とにかくまず、そこに行かないと……」

カネルも米子も気づいていた。自分たちが、しだいに妖怪に近い存在になってしまっていることに——。

今まで見えなかった妖怪や扉が見える。それも、しだいに鮮明《せんめい》になっている。そして妖怪たちと同じように、他人に存在が認識されない。

すべてが妖怪化の事実を表している。

ただ、それを口にするのが怖《こわ》かった。

（このままだと、ふたりともこの学園の中で、妖怪として暮らすことになっちまうかもしれない……。そうなったら……）

「……それもまあ、いいかも」

カネルがつぶやくと、米子が叱《しか》るような口調で聞いてきた。

「なにが？」

「いやその……。コメちゃんといっしょじゃなかったら、女子のスカートの中、見放題だったかなー、とか……」

「バカ！」

と、魔法円の本で殴《なぐ》られる。

「痛いよコメちゃん。角だよ、それ角！　男心をくすぐるたわいない冗談《じょうだん》じゃないかよー」

「目がマジだった」

「マジじゃないって！　痛いよ！　だから角やめてよ。マジで痛いから、角は！」

それでもカネルは米子の手を放そうとはしない。米子も同じだった。

2

本校舎の裏手へ出ると、紅椿学園自慢《じまん》の広いグラウンドがあり、そのむこうに分校を思わせるような小さな木造二階建ての棟《むね》が見える。それが部室だけを集めたクラブ校舎だ。

クラブ校舎は高等部だけが使用をゆるされているため、中等部のふたりには、まったくなじみのない場所である。どこになんの部室があるかさえわからない。

カネルと米子は、とりあえずクラブ校舎の端《はし》にある両開きの入口の前へと歩んだ。

入口から中を覗《のぞ》くと、薄暗《うすぐら》い廊下が真っ直《す》ぐ、クラブ校舎の反対側にあるもうひとつの入口まで延びている。

廊下の壁《かべ》には、会員募集《ぼしゅう》のポスターや発表会の告知などが、場所を取り合うように貼《は》り重ねられており、部室のドアがどこにあるのかわからないほどだ。

床《ゆか》には、汚《きたな》く踏《ふ》みにじられたビラがなん枚も落ちていたり、置いてあるのか捨ててあるのか判断に困るスパイクシューズの山などが存在していたりする。

まるでごみすて場か廃墟《はいきょ》を思わせる光景である。

ふたりは怖いと思う一方、中等部には無い自由奔放《ほんぽう》な大人の雰囲気《ふんいき》を感じた。

「えーと、誰《だれ》かいませんかー？　妖魔術クラブのお姉さーん？　ハンサムボーイのカネルと、ウサ耳美少女のコメちゃん参上ですよー。ハローー！　やっほーー！」

とりあえずカネルが入口から声をかける。

まだ授業中であるため、当然のごとく人の気配はない。しかし、いたるところに妖怪の影《かげ》は見える。

「うーん、ひとつずつドアを確認《かくにん》しないとダメみたいだなー」

カネルが中へ歩みかけると、米子が手を引いてそれを止めた。

「待って。声が聞こえる」

「声？　どこから？」

米子はクラブ校舎の裏手を指さした。人の声ではない。やや甲高《かんだか》い妖怪の声である。

「誰か……。助けて。お願い。少しだけ、ちょっとだけ、手を貸してよ。どうかどうか、お願いだから」

悲痛な声である。

米子はカネルの手を引いて、クラブ校舎の裏手へと回ってみた。

裏手には、テニスコート二面分ほどのあき地がある。そこに、誰が置いたのか列車の車輪らしき大きな鉄の輪が落ちていた。

声はそこから聞こえる。

「お願い。お願い。助けて。お願い。誰か、誰か」

体長が五十センチほどのイタチに似た妖怪である。銀色の毛並みに、長い尻尾《しっぽ》。イタチにそっくりではあるが、胴体《どうたい》がみょうに長い。そして、頭に小さなドリルのようなツノが一本だけ生えている。

「なんだよあいつ？　狐《きつね》？　いや、オコジョか？　なんにしろ、ツノがあるから鬼《おに》だな」

カネルがささやく。不思議とその姿が、他《ほか》の妖怪《ようかい》たちよりも鮮明に判別できている。

「お願い。お願いします。ああ、だめだ。腕《うで》がちぎれちゃうぞ。強く引っ張ると、相棒の腕がちぎれちゃうぞ。ああ、どうしよう。どうしよう。誰か……」

イタチらしき妖怪は、両手で車輪の下から、なにかを引きずりだそうとしていた。

そっと、その背後へふたりが近づくが、気づかない。まわりが目に入らないほど、必死である。

それでいて口では、誰かに助けを求め、呼んでいる。

「誰か、誰か、早く、早く……」

背後から覗きこむと、イタチらしき妖怪が引っ張りだそうとしているのは、薄汚《うすよご》れたパンダのヌイグルミだった。大きさは二十センチほどで、イタチの半分の大きさだ。

「手伝う?」

米子がたずねると、イタチは「いや、助かりました」と、嬉《うれ》しそうにふりむき、息を飲み目を丸くした。

声をかけられたのが人間だったことに驚《おどろ》いたのである。

しばらく沈黙《ちんもく》したのち、

「いいえ……、結構です」

ときっぱり拒絶《きょぜつ》し、イタチは、無言でまたヌイグルミの右腕を引っ張る。

ヌイグルミの左腕が車輪の下敷《したじ》きになっているのだ。強く引けば、腕がちぎれる。それを気にして、イタチはそっと引っ張っている。しかしそれでは、いつまでたっても抜《ぬ》けはしない。

車輪の横にはなにかを引きずったような太い跡《あと》が残っていた。その跡からそこはかとなく、腐《くさ》ったような嫌《いや》な臭《にお》いが漂《ただよ》い昇《のぼ》っている。

臭いは感じられたが、それが妖魔《ようま》の臭いであるとまでは、米子にもわからない。

「カネル……」

米子がカネルの手をゆする。

（えっ、手伝うのかよ？　ふたりの力で動くかどうかわからないし、早いとこ部室に行かないと、僕たち妖怪になっちまうんだぞ！）

と言いたいのをぐっと堪《こら》え、カネルは「よし、やるか」と、うなずいた。

こんな時は、反対するだけ無駄《むだ》である。絶対に米子はゆずらない。――と、カネルは米子の性格を理解していた。

小学校の三年の時、こんなことがあった。

マンションの公園で、カネルと米子は首輪をつけた迷子の小犬を拾ったのである。

ふたりは飼い主を捜《さが》し、マンションの各戸を訪ね歩いた。なかなか見つからず、日が沈《しず》み、腹もすいてきた。けれど米子はあきらめなかった。

「もう明日にしようよコメちゃん。近くの住人じゃないかもしれないし、捨てられた犬かもしれないよ。母さんに頼《たの》んで、とりあえずうちで預かってもいいから。だから……」

カネルがなんども、あきらめて帰ることを提案した。けれど米子は聞かなかった。

「カネル、ひとりで帰れば。私、もう少し捜す。この子の帰りを、誰《だれ》かがずっと待ってるかもしれないから……」

胃が痛くなるほど腹の減ったカネルだったが、米子をひとり残して帰れるわけもない。

自分たちのマンションではないとわかると、こんどは隣《となり》のマンションへと足をむけた。そのマンションでもないとわかると、近くの家々を捜しはじめる。

夜の九時を過ぎたころ、犬に見覚えがあるという家が見つかった。その家の連絡《れんらく》によって飼い主が迎《むか》えに現れ、小犬は家へ戻《もど》ったのである。

ふたりは飼い主に感謝され、高級なドライケーキの詰《つ》め合わせをもらったが、親たちにはきつく叱《しか》られる結果となった。

(あの時、つべこべ言わずに本気になって、手分けして捜してれば、八時くらいにはあの家を見つけられたんだよなー)

カネルはそんなことを思いながら、鉄の車輪に手をかけた。

——重い。カネルの力では、びくともしない。

米子が車輪の反対側に回って手を貸すが、同じである。

「ダメだ! よし、こういう時はコテの原理だよコテ。お好み焼きをひっくり返す要領で。ってそれはちがうじゃん！　コテじゃなくてテコだよ梃子《てこ》。コテコテのボケで、どうもすみません」

言いながらカネルは長い鉄の棒が、どこかに落ちていないか見まわす。

米子は魔法円の本を開き、ページをめくった。カネルが力をこめた時、今までにはない光の粒子《りゅうし》が体から飛び散ったのを目にしたのである。

（もしかすると、使えるかもしれない……）

それと同じ粒子を微《かす》かに飛ばしている魔法円を、本の中ほどのページで見つけた。それを見ながら、米子は指で小さく空中に魔法円を描《えが》いてみる。

カネルの目にぼんやりと、その魔法円が見えた。

「コメちゃんそれ……」

言いかけたカネルの口の中に、目の前の魔法円が吸い込まれて消えた。カネルはあわてて喉《のど》を押さえる。

「うっ、飲んじゃった……？　今のなに？　やばくないの？　ねえ？」

「わかんない……」

と米子は首をひねってから、鉄の車輪を指さす。

「カネル、もう一度、試《ため》してみて。もしかすると……」

「えっ？　今の魔法円で、ボブ・サップなみにパワーアップしちゃったりするとか？」

言いながら力をこめると、車輪が微かに動いた。

「うわっ！　動いた。マジかよ？　なんかさっきより車輪が軽くなってる感じ」

米子は確信し、同じ魔法円を大きく空中に描いた。

「カネル。行くよ」

「よし、こい！」

米子が魔法円を飛ばすと、それは光の粒子に姿を変えて、カネルの体内へ消えた。

「うおーっ、キターッ！　みなぎったー！」

ぬおおおおっ！　と奇声《きせい》をあげ、車輪をひっくり返す勢いで挑《いど》みかかったカネルであるが、その効果は、ほんの数ミリ、上に持ちあがったにすぎない。

それでもパンダのヌイグルミを引っ張りだすのには充分《じゅうぶん》だった。

「だいじょうぶか？　しっかりしろよユウ！　無事でよかった……」

イタチの妖怪《ようかい》は言いながら、パンダのヌイグルミを背負い、紐《ひも》で縛《しば》りつける。

「よかったね」

米子がそう声をかけるが、イタチは視線をそらした。

「別に……、僕は頼んでませんよ」

と言い残して、校舎の方へ駆《か》けだしてゆく。

「なんだよあれ！　お礼ぐらい言えって。失敬な奴《やつ》め。あー、なんかすごーく損した気分」

「でも、喜んでたよ。……行こう」

満足そうに言って、米子がカネルの手を引く。その、少し明るい米子の表情を見て、カネルも満足した。

3

クラブ校舎の入口へ戻ると、大きな白いマットレスが落ちていた。一瞬《いっしゅん》、ふたりにはそう見えた。

妖怪である。餅《もち》のように数本の触手《しょくしゅ》を体内から伸《の》ばし、カネルの手足を捕《と》らえる。

「うわっ！　なんだよこれ！」

と言ってる間に、持ちあげられ、勢いよく空中へ投げ飛ばされた。

「うわーっ！」

妖怪の真上、三メートルほどの高さまであがる。そして落ちて来たカネルの身体《からだ》を触手でキャッチし、また放《ほう》りあげる。

それをくり返しながら、妖怪が嬉《うれ》しそうに叫《さけ》ぶ。

「ほーら、高い高ーい。ほーら、高い高ーい」

妖怪タカイタカイである。

「カネル！」

助けようと米子が退魔円を描く。だが、描き終わる前に、その腕を触手が押さえた。

あっ！　と声をあげる間もなく、米子も手足を押さえられ、カネルといっしょに空へ高く投げあげられてしまう。

「ほーら、高い高ーい。ほーら、高い高ーい」

「キャーッ！」

悲鳴をあげ、広がるスカートを両手で押さえつけているのがやっとである。どうすることもできないまま、米子の身体はくるくると回りながら、なんども跳《は》ねあげられる。

触手に弾力《だんりょく》があるため、痛みはない。ただ目が回り、気持ち悪いだけである。

「放せ、ちくしょー！　いいかげんにしないと、吐《は》くぞコラー！」

カネルは怒鳴《どな》りながら、魔法円の本を開こうとする。けれど目が回り、うまくページを開くことができない。

「ほーら、高い高ーい。ほーら、高い高ーい」

図に乗った妖怪タカイタカイは、ふたりの身体をお手玉のように交互《こうご》に、そしてより高く、空へと投げあげてゆく。

「コラ！　ダメだろ！　コラ！」

パンダのヌイグルミを背負ったイタチの妖怪だった。体の角にあるタカイタカイの小さな頭

を、両手で激しく叩《たた》いている。

とたんにタカイタカイは泣き声をあげた。

「うわーん！　いじめたーよーっ！」

カネルと米子をそっと地面におろしてから、風のような速さで、逃《に》げ去ってゆく。

目が回って地面へ座り込んでいるカネルと米子へむかって、イタチは言った。

「あいつ、高い高いがしたいだけで、悪い妖怪じゃないんです。油断していた、おふたりが悪いんですよ」

「助かった……。とにかくサンキュー」

カネルが礼を言うと、イタチは照れながら答えた。

「別に……、さっきの借りを、返しただけですから」

「私は米子、こっちはカネル。あなたは？」

「……言いたくありません。僕は、人間なんかと、仲良くしたくないんです」

そう言ってグラウンドの方へ走りだすが、途中《とちゅう》で足を止め、慌《あわ》てて引き返して来る。そのまま ふたりの横をすり抜《ぬ》け、イタチはクラブ校舎の中へ逃げ込んだ。

（なにか来る！）

ふたりが急いでグラウンドの方へ視線をむけると、足早に近づく少女と、空中を泳ぐ龍《りゅう》の姿があった。

吸血鬼《きゅうけつき》に加勢したロロミである。

「あっ、あいつ！」

ロロミを睨《にら》みながらカネルが立ちあがる。米子も腰《こし》をあげて身構える。

大きく間合いを取るように、ロロミは十メートルほど先で立ち止まった。龍が爪《つめ》をすり合わせて、ショキリ、ショキリ、という音をあたりに響《ひび》かせた。

「カネルさん米子さん、こんにちは。あのカミューレ夫人を撃退《げきたい》するなんて、驚《おどろ》きです。ほんとにステキですわね」

口許《くちもと》に微笑《ほほえ》みを浮《う》かべてロロミが言う。けれど両目は、少しも笑っていない。

「なんだよおまえ！　どこの学校の生徒なんだよ！　関係者以外、学内立ち入り禁止！」

怒《いか》りに興奮したカネルは、思わず見当はずれの叱《しか》り方をした。

それをくすくすと笑い、ロロミは空中にゆっくりと魔法円を描《えが》きながら言った。

「あたし、人殺しはしたくありません。でも、事故の場合は、しかたないと思いませんか？　できるだけ威力《いりょく》を弱めますから、もしもの時は、恨《うら》まないでくださいね」

それより早く、米子が魔法円を作り、撃《う》つ。

「エウーハ！」

しかし、ロロミの作った描きかけの魔法円から出る粒子《りゅうし》が、軽々と米子の攻撃《こうげき》を砕《くだ》いた。

「ああ、なるほど。あたしのマネをしたんですのね米子さん。でも、こんなんじゃぜんぜんダメ……です。少しも、ちっとも……。なのになんで、あたしじゃなくて、あんたたちなんかが……」

興奮し、ロロミの言葉づかいが汚《きたな》くなった。それを恥《は》じるように、ロロミは自分の口に手をあてる。

「とにかく……。あたしとあなたの力に、どれほどの差があるか、見せてさしあげます。あたしの本当の力……。最後になるかもしれないおふたりにじっくりと、見せて……」

ロロミは呪文《じゅもん》を唱えながら、いくつもの複雑な魔法円を作りあげ、それを重ねあわせる。

あたりの空気がバリバリと唸《うな》りをあげ、色とりどりの粒子が、ロロミの魔法円へとかき集められてゆく。

それを見ただけでも、米子の作る魔法円の軽くなん百倍、なん千倍ものパワーを確実に秘《ひ》めているのがわかる。

「早くこっちへ逃げろ！」

イタチの妖怪《ようかい》が、クラブ校舎の中からふたりを呼んだ。

カネルが米子の手をつかんで、クラブ校舎の中へと走る。

「そんなところに逃げても無駄《むだ》！　無駄、無駄！　……ですわよ」

完成させた魔法円と共に、ロロミがクラブ校舎の入口の前へ――。

「閉めるんだ！　早くドアを！　それがあいつの弱点だ！」

イタチが怒鳴る。カネルと米子はわけがわからないまま、言われたとおりに内側からクラブ校舎のドアを閉《と》ざした。

鉄製のドアで上部にあるガラス窓には、金網《かなあみ》が入っている。しかしロロミの作った魔法円の威力の前には、紙のドアに等しいだろう。

「こんなドアなんて……」

と言いながらも、ロロミは悔《くや》しそうに唇《くちびる》を噛《か》みしめたまま、作りあげた強力な魔法円を撃とうとはしない。

「ざまあみろ。くやしかったら壊《こわ》してみろ！」

と、イタチは廊下《ろうか》の隅《すみ》に隠《かく》れながら、ロロミに聞こえないように小声で言う。

ロロミはしばらく、怒りに顔を赤くしながらクラブ校舎のドアを睨みつけていたが、ぷいと横をむいて裏のあき地へと去ってゆく。

「ありがとう。また助けてくれて」

米子が礼を口にすると、イタチは不満そうに言い返した。

「別に、助けたわけじゃありませんよ。いつも僕をいじめるロロミを、困らせてやりたかっただけですから」

「それにしても、なんで襲《おそ》ってこないんだ？」

「ロロミは、絶対に自分ではドアが開けられないんです」

「どうして?」

「知りません。そういう奴《やつ》なんです。どうしても開けなきゃならない時は、あの小龍がドアや壁《かべ》を鋭《するど》い爪で破壊《はかい》するんです」

「だったらこのドアだって……」

「壊せないんです。壊すと、妖魔術《ようまじゅつ》クラブの九堂《くどう》さんたちに怒られるからです」

「妖魔術クラブ⁉」

驚いたカネルと米子が激しく反応したため、イタチもそれに驚いて飛びあがる。

「知ってるのか? どこだよ? 妖魔術クラブの部室ってどこだよ?」

「お願い、教えてイタチさん」

「僕、イタチじゃありません」

「オコジョか? いや、そんなことより……」

カネルの言葉を遮《さえぎ》るように、裏のあき地から——。

「この、くそバカ——!」

という激しい罵《ば》声《せい》と共に、轟音《ごうおん》が響《ひび》いた。

「……なんだよ今の?」

サッカー部のドアが微《かす》かに開いているのを見つけ、カネルはそのドアを開けた。

誰《だれ》も居ない部室のつきあたりの窓から、裏のあき地が見える。

大きく肩《かた》で息をしながらロロミが立っていた。どうやら、叫《さけ》んだのはロロミらしい。小声で「くそバカ。くそバカ。くそバカ」とくり返し、龍《りゅう》と共に足早に去ってゆく。汗《あせ》くさい部室の中に入り、カネルは窓から外を見た。

あったはずの鉄の車輪が消えている。どうやらロロミが、あの魔法円を放ち、車輪を消滅《しょうめつ》させてしまったらしい。

車輪があった場所に、黒い焼け焦《こ》げだけが残っている。

「……マジ？　殺す気まんまんだよ、今の。あんなの受けたらマジ死ぬって。なにが殺さないように威力を弱めるだよ。ぜんぜん強いじゃん。ほんとカンベンしてよ。いくら校則に書いてないからってさー、やっていいことと悪いことの区別くらいつけようよね。ほんと、頼《たの》むから……。人殺し反対！」

死んでいたかもしれないという恐怖《きょうふ》に、カネルは身を震《ふる》わせながら、うわごとのようにつぶやいた。

4

「ロロミはいつもまちぶせして、僕の相棒のユウを奪《うば》って、いじめるんです。切り刻んで火に投げ込んでやるとか、龍に食わせるとか、ひどいことを言うんです。悪い奴です」

イタチはぐちりながら歩む。

米子は思った。

(でも本当にそうしてないんだから、そんなに悪い人じゃないのかも)

「妖魔術クラブの人間に言っても、なかなかロロミをこらしめてくれないし、人間なんてやっぱりダメです。アマタケ様のように半々じゃないと、僕たち妖怪のことなんて真剣《しんけん》に考えちゃくれないんです」

「ということは、ロロミも妖魔術クラブのメンバーも、とりあえず人間ってことだよな。それでそのアマタケ様って、誰なんだよ?」

「地球を守るために死んだ英雄《えいゆう》です」

カネルは頭を抱《かか》えた。

「ちょっと待てよ。なんでパンダのヌイグルミをいじめる話から、急に世界規模に話がでかくなるんだよ? 地球を救ったって、マジでどういうことなわけ?」

「妖怪《ようかい》を見ることができるのに、そんなことも知らないんですか? この前、戦争があったんですよ。とってもあぶないところだったんです」

「湾岸《わんがん》戦争とかイラク戦争とかじゃなくて?」

「はい、メラ星の軍部が勝手に起こした地球侵攻《しんこう》作戦です。敵はメラ星の惑星軌道《わくせいきどう》上に、巨大《きょだい》な魔法円を建造して……」

「いや、ちょっと待ってくれよ。メラ星ってことは、宇宙人なのかよ？　それが地球を侵略しようとしたって？　それってまさか、テレビか漫画《まんが》か、誰かの夢の話でした、なんてオチじゃなくて……、マジで？　ほんとうにほんとの、マジの話？　そんでもって、それを救ったってことは、アマタケ様ってのは、ウルトラマンとかドラえもんみたいな人物なのかよ？」

「あっ、ここですよ。あとは妖魔術クラブの人に聞いてください」

イタチに似た妖怪が案内した先は、クラブ校舎の二階、真ん中ほどにあるドアだった。『郷土研究クラブ』というプレートの下に、大小いくつもの魔法円が描《えが》かれている。その中のひとつは、教室の中にあったのと同じ、その存在を人に知られなくするための魔法円である。

「なんか、ここでまちがいなさそうだねコメちゃん……」

「うん……」

イタチが軽く手をふってふたりに言う。

「それじゃあ、僕はここで失礼します」

「おお、助かった。サンキューヨンキュー、ありがとう！　こんどしっかり、いじめないようにロロミの奴をこらしめておくからさ、もう心配するなよイタチ君」

胸を叩《たた》いて偉《えら》そうに言うカネルに、イタチは苦笑《くしょう》する。

「僕はイタチじゃなくてフェレットです」

ふたりはふーん、とうなずくが、フェレットという動物をあまりよく知らない。

イタチではないと主張するものの、ヨーロッパケナガイタチがペット化したのがフェレットである。それが妖怪化したのが彼だ。

「僕の名前はフェレット鬼《おに》のシロです。さようなら」

パンダを背負ったシロが、廊下《ろうか》を駆《か》け去ってゆく。

それを見送ってから、カネルは「さて……」と、妖魔術《ようまじゅつ》クラブのドアへ視線を戻《もど》した。

学園を覆《おお》っている結界から抜《ぬ》けだすためにここまで来たものの、クラブのメンバーが自分たちの味方とは限らない。

(吸血鬼《きゅうけつき》に襲《おそ》われた時、助けには来てくれなかったしなー。それに、ロロミと知り合いということは、もしかすると……)

すべて、罠《わな》なのかもしれない——。とカネルは不安になる。

ある意味、それは正しかった。しかし今のふたりに、選択《せんたく》の余地はない。

(とにかく……)

カネルはそっと、クラブのドアをノックしてみる。

それを待ち構えていたように、いきなりドアが『バン!』と内側に開き、地下校舎の奥で見たあのウサギ女が中から飛びだして来た。

「いやーん、やっぱキュート!」

ウサギ女は奇声《きせい》をあげ、米子に抱《だ》きつく。

「あーん、このウサ耳がたまんなーい」と、嫌《いや》がる米子を羽交《はが》い締《じ》めにして、強引《ごういん》な頬《ほお》ずりを開始する。

「コメちゃんは今日から、うちのウサギコレクションの一員に決定！　さあ、お姉さんの家へ行こうねー。コンプリートボックスの中に飾《かざ》っちゃうぞー」

「イヤー！」

米子が悲鳴をあげる。その声で、我に返ったカネルが、あわてて退魔円のページを開き、ウサギ女へ突《つ》きつけた。

「悪霊退散《あくりようさん》！」

しかしウサギ女にはまったく効果がない。米子を背後から抱きしめ、ニコニコと笑いながら言う。

「おーっと、やる気だなー。ちょこざいな小僧《こぞう》め！　返り討《う》ちにして、頭からボリボリ食っちゃうぞー」

少しも退魔円が効かないのを知り、カネルはひるんだ。

「もしかして……、妖怪じゃないのかよ？」

「へへん。あたぼうよ！　こんなかわいい妖怪がいてたまるもんですかーって！」

「妖怪じゃなきゃ、……変態？」

「ぬわんだとーっ！　温厚《おんこう》なお姉さんも、堪忍《かんにん》ぶくろブチ切らしちゃうぞー！」

パーン！　とその頭にハリセンの一撃《いちげき》がふりおろされる。

「うぴょーん！」

「いいかげんにするのですサヤさん！　誰《だれ》が見ても、その姿、その行為《こうい》は変態ですよ」

日本人形のように綺麗《きれい》に切りそろえたオカッパ頭の女性である。あきらかに二十歳《はたち》すぎに見えるが、着ているのは紅椿学園高等部の制服だった。

「だって九堂先輩《せんぱい》……」

「いいからその手を放すのです。ふたりが怖《こわ》がってるではありませんか？」

「はーい」

しぶしぶウサギ女のサヤが手を放す。

米子は急いでカネルの後ろへ逃《のが》れ、サヤを睨《にら》んだ。

「やだなーもう、ほんのスキンシップなのに、そんなに怖がらなくても……」

とサヤが微笑《ほほえ》みかけるが、後の祭りである。

九堂先輩と呼ばれた女性が、丸メガネを小指で押しあげながら、ふたりに命令するように言う。

「さあ、中へ入るのです」

ふたりはためらい、迷ったまま九堂たちを見つめた。

「自分たちの置かれている状況《じょうきょう》を知りたくないのですか？」

ふたりが返答に困ると『好きにしなさい』と言わんばかりに、九堂は背をむけて部室の中へ入ってゆく。ウサ耳のサヤも、得体の知れない笑みを残して後へと続く。

カネルは（どうする？）という言葉を飲みこむ。もはや、悩《なや》んでもしかたないことである。

「入ろう」

決意して、先にそう言ったのは米子だった。

5

『郷土研究クラブ』の名を借りた妖魔術クラブの部室内は、なにかおぞましい魔術の道具で溢《あふ》れている──、とカネルと米子は想像していた。しかし、そんなことはまったくなく、長テーブルとパイプ椅子《いす》がある平凡《へいぼん》な部室だった。

正面の壁《かべ》にはホワイトボード。左は窓、右側にはスチール製のクロゼットがふたつ置かれている。

しいて不自然な部分を指摘《してき》するならば、クロゼットのドアに『開けるな危険！　サヤ専用』という大きな貼《は》り紙があることくらいだ。

九堂は長テーブルの上に置かれたノートパソコンの前に座り、マシンガンのようにキーを叩《たた》きながら「とにかく、座ってその紙に名前を書くのです」と、顔をあげずに言う。

「はいはい。じゃあ、そこに座ってね。そんでもって、これだよ」

サヤが嬉《うれ》しそうに、パイプ椅子をふたりに勧《すす》め、それぞれの前に紙とボールペンを置いた。

紙には『妖魔術クラブ入会申請書《しんせいしょ》』とある。

「あの……、なんですかこれ？」

「見てのとおりだよ。入会するとね、この、特製ウサウサバッジが、もれなくもらえちゃうんだぞー」

ウサギの顔を象《かたど》った小さなバッジをかざして、サヤが鼻息を荒《あら》くする。

「いやあの、いりません。そんなバッジ」

カネルがきっぱりと言うと、サヤがさらに鼻息を荒くした。

「ぬわんだとー。このバッジはただのバッジじゃないんだぞー。このかわいいウサギさんを光にかざしてから暗い所にもって行くと、光っちゃうんだからね」

「――ってそれ、夜光塗料《とりょう》が塗《ぬ》ってあるだけじゃん！」

「塗るの、たいへんなんだぞー」

「しかも自分で塗ってるし」

「いいじゃん好きなんだから。とにかく、そこに名前と住所を書くだけ。それで終わりだから」

「終わりって？　もしかして僕たちの人生のことですか？」

「ムキー、口の減らない小僧くんめ。いいかげんにしないと、お姉さんのウサ耳パンチが、炸《さく》裂《れっ》しちゃうぞー」

「なんですかそれ？」

サヤは「くらえ、ウサ耳パンチ！」と言いながらおじぎをして、頭のウサ耳でカネルの額をペチリと叩く。

「イテッ……。結構、痛い」

とカネルが額を押さえると、サヤは自慢気《じまんげ》に攻撃《こうげき》をくり返す。

「ウサ耳、パンチ、パンチ、パンチ、パンチ！」

ペチ、ペチ、ペチ、ペチリ。

バン！

と机を叩いて米子が立ちあがった。

「カネルと私、入部したくて、ここに来たんじゃないんです！」

「そうだよ。コメちゃんの言うとおり。なんだかわからないこんなクラブに、どうして入部しなくちゃならないんですか？」

とカネルも、額を押さえて立ちあがる。

九堂がキーを叩きながら、顔をあげた。

「入部するのが、米子さんにとっても、わたくしたちにとっても、都合のよいことだからです」

カネルが口を尖《とが》らせて反論する。

「そんなこと、いきなり言われたって……、なにがなんだかさっぱり……」

「まあ、そうでしょう。クラブの活動内容をあまり部外者に話したくはないのですが……、少しだけ説明しましょう。ふたりとも座るのです。まず、わたくしたちのこの学園は、妖怪《ようかい》や妖魔たちが集まりやすい土地の上に建っているのです」

「ちなみに」とサヤが口をはさむ。

「悪さする奴《やつ》を妖魔、悪さしないのを妖怪って区別してるから、そこんとこよろしく」

「妖魔たちは容赦《ようしゃ》なく生徒たちを惑《まど》わし、場合によっては食い殺します。その悪行を阻止《そし》するため、初代会長である霧山遊子《きりやまゆうこ》がこの妖魔術クラブを創設したのです」

「知ってると思うけど、郷土研究クラブっていうのはカモフラージュだよ。妖魔術クラブだとほら、うさん臭《くさ》くて承認《しょうにん》されないんだよねー」

（名前より、ウサギ姿のあんたが一番うさん臭いよ！）と、カネルは心の中で突《つ》っ込みを入れる。

「初代副会長を、わたくし九堂よしえが務め、二代め会長を彼女、桜宮《さくらみや》サヤさんが務めたのです。現在は、三代め会長を寺流五郎八《てらながれいろは》さんが務めているのです」

「五郎八って書いて『いろは』って読むんだぞ。ちなみにハーちゃんは、ものすごく遠い実家に半年以上も帰ってて、留年しちゃって、三年生をもう一回やってる。ここに居ないのは、まだ授業中だからだよ」

カネルと米子はうなずいた。それは納得《なっとく》できる。しかし、すでに卒業しているはずの九堂とサヤが、ここにいることがまるで納得できない。

その説明を省いて、九堂は先を続ける。

「もうひとり、サヤさんと同学年の部員で、雨神《あまがみ》丈斗という……」

「アマタケ様？」

九堂の言葉を遮《さえぎ》り、カネルが思わず声をあげた。

「そうです」

「地球を救って戦死したとかいう伝説の英雄《えいゆう》ですよね？　それがこの学園の生徒だったんですか？」

「誰《だれ》からそれを？」

フェレット鬼のシロの名をだして説明すると、九堂はため息をついた。

「そこまで聞いてしまったのであれば、しかたありませんね。教えましょう。初代会長の霧山遊子は異星人です。牡牛座《おうしざ》の方角にある銀河の中に、メラという恒星《こうせい》があります。その第三惑《わく》星《せい》から、高速ワームホールを使って、地球に来ているのです」

「異星人といっても、タコみたいな怪物《かいぶつ》を想像したらダメだぞ。霧山先輩《せんぱい》は私たちと同じ、人間なんだから」

「そうです。メラ星の人々は皆《みな》、アジア系黄色人種の顔だちをしており、特に霧山先輩は日本人的な顔だちなのです」

ふーん、とうなずきながらも、信じ切れない面持《おもも》ちでカネルはたずねた。

「どうして地球に？　やっぱり侵略《しんりゃく》とか、さらって人体実験とか……」

「霧山先輩の目的をそう簡単に教えるわけにはいきません。ですが、わたくしたち地球人の味方であることは、断言できます。ベロルがメラ星の軍をそそのかして起こした侵略戦争を終結させるために、霧山先輩が、わたくしたちや雨神さんを指揮したのですよ」

「でもアマタケの奴、運悪く、死んじゃったんだよねー。強いエレメント、なんども撃《う》ちすぎて……」

なにか遠い過去のように、サヤがつぶやく。

「その、ベロルってのは？」

「金儲《かねもう》けのために、地球侵攻《しんこう》を企《くわだ》てるメラ星のマフィア。そう思うとよいでしょう。地球の妖《よう》魔《ま》より厄介《やっかい》な、わたくしたちの宿敵です。いずれ、雨神さんの仇《かたき》を討《う》たなくてはなりません」

九堂は遠い目でそう言ってうなずくと、すぐに視線をふたりへ戻《もど》した。

「雨神さんの遺体は、この学園の地下に安置しました。死んだとはいえ、雨神さんの肉体にはまだまだ強い力が残っているのです。その肉を食して、自分の力にしようとする妖魔も多いため、わたくしたちは結界でこの学園を覆《おお》い、雨神さんの遺体を守っているのです」

「えっ！　じゃあ僕たちがこんな目にあってるのは、お姉さん方の作った結界のせい？」

「人間にはなんら関係ない結界です。あなたたちは自ら妖怪係数を高めて、出られなくなったにすぎません。つまりは自業自得《じごう》」

「そんなこと言ったって……」

「学園を囲むこの結界には、出入口があります」

言いながら九堂が右手で空中に円を描《えが》く。

米子がそれを見て「あっ」と小さく声をあげた。

フリーハンドで描かれた綺麗《きれい》な正円が、あたりの光る粒子《りゅうし》を集め、電灯のようにまばゆく輝《かがや》いたからである。

「ふむ。驚《おどろ》きました。米子さんには、このエレメントの輪がもう見えるようになっているのですね」

「すごーい！」サヤが目を見張り、声をはりあげる。

「ウサ耳を着けてから、まだ一時間くらいしか経過してないのに！　霧山先輩が言うとおり、コメちゃんはアマタケなみの素質だ」

「米子さん用に、あらかじめ装置を調整しておいたことも効果を早めたのでしょう」

それを聞いたカネルが声を荒《あら》げる。

「なんだよその装置って！」

「妖力を高める装置です。形状がウサ耳なのは、当然のごとくサヤさんの趣味《しゅみ》です」

「うわ！　すごーく騙《だま》されてる気分。妖怪《ようかい》係数があがったからだとか、僕たちのせいにしときながら、変なウサ耳装置を仕掛《しか》けてるじゃないですか！　これって、巧妙《こうみょう》にしくまれた罠《わな》？」

「落ち着きなさい。確かにこのウサ耳をドアにセットしたのはわたくしたちです。しかしこのウサ耳を手にする前に、米子さんは見えないドアの存在に気づいたはずですよ。そうではないのですか？」

問われて、米子はうなずいた。九堂の言うとおりである。

「いずれ米子さんは能力を高め、あのドアの存在に気づくことになっていたのです。そしてドアを開け、妖怪たちのいる地下校舎に足を踏《ふ》み入れてしまう。そうなった時、少しでも助けになるようにと、わたくしたちはそのウサ耳をセットしたのです。ドアと同時に、その存在を知るように」

「だったらどうして、もっと前から知らせておいてくれないんですよ？」

「いつそのレベルに達するのか、わたくしたちにも予測できなかったからです。そして、妖怪が見えない段階でいくら説明したところで、あなたたちは信じないでしょう」

「……そうかもしれませんけど……」

「それに、まだ若い米子さんを危険な妖魔退治に狩《か》りだすのは、あまりにも心苦しく……」

「――ってことは、やっぱし入部するのは危険なんじゃん！」

「そこでわたくしたちは、ウサ耳をドアにセットし、時を待つことにしたのです。決して、強《ごう》引《いん》に能力を高めたわけではありませんよ」

「待ってたなら、どうして電話した時、助けに来てくれなかったんですか？　マジで死ぬとこだったんですよ！」

「本の中に雨神さんの護符《ごふ》が入っていたはずです。それをカミューレに見せれば……」

「それはロロミが！」

カネルは今にも泣きだしそうな勢いで、ロロミがしたことを九堂に語った。

「おやおや、そんなことがあったとは、知りませんでした。その件については謝罪しておきましょう」

と九堂がうなずき、サヤが「ごめんね」と軽く謝る。

「そんだけですか？　だいたいなんなんですか、あの女！　どうして僕たちが恨《うら》まれなきゃならないんですか？」

「ロロミさんは他校から、このクラブへの入会を申請《しんせい》してきた妖魔術師です。独学であれだけの力を身につけたのには驚きです」

「他《ほか》にもシリルって名の男の子も居るよ。名前は外国人ぽいけど、日本人」

「どちらも能力が低いということで、入会を拒否《きょひ》したのです」

「えっ！　どうして？」

カネルと米子が声をあげた。

ロロミはあの重い鉄の車輪を消滅《しょうめつ》させたのである。とても自分たちよりも能力が低いとは、考えられない。

「能力といっても、今ある力のことだけを言っているのではないのです。今後、どれだけ成長するか、そしてその力を正しい心で使って行くことができるか、それらすべてを検討し、霧山先輩《せんぱい》がだした答えなのです」

「それで、僕とコメちゃんの方が部員にふさわしいと？」

サヤが「ちがう、ちがう」と手をふる。

「能力が高いのはコメちゃんだけ。カネル君はただの付きそい人だよ。その方がコメちゃんも安心だろうからって、霧山先輩が特別に許可しただけだぞ」

「うわっ！　僕って料理のパセリ？　刺身《さしみ》のツマですか？」

「へへん。金魚のフンって言葉もあるぞ」

「マジでムカつく！」

「やーいやーい、金魚のフーン」

小学校低学年のようにはやしたてるサヤの頭に、九堂が無言でハリセンをくらわせる。

パン！

「いずれにしろロロミさんは、自分が選ばれなかったことが納得《なっとく》できず、あなたたちにイタズラしたようですね」

「いや、あれはイタズラなんてもんじゃない。マジで殺す気だった。絶対に殺人未遂《みすい》！」

「そんなことはありません。この結界の内側にいる妖怪たち、およびロロミさんやシリルさんは、原則として雨神さんの遺体を守るために常駐《じょうちゅう》しているんです。言うなれば味方」

「そうそう、吸血鬼《きゅうけつき》のカミューレだって、コメちゃんを殺しちゃうほど血が欲《ほ》しかったわけじゃないだろうし……」

「いや、絶対にマジで殺す気だった！」

「まあいいじゃないの、とにかく無事なんだから。男は小さいことを気にしちゃダメだぞ」

「いや、ぜんぜん小さくない……。それはそうと、サヤさんはどうして、地下校舎で会った時に、クラブ会員だって名乗って僕たちを助けてくれなかったんですか？」

とカネルがサヤに食ってかかる。

「一応、助けたつもりだよ。まちがって反対側のドア開けて地下二階なんかに入っちゃったりしたら、大変なんだから。罠《わな》だらけで瞬殺《しゅんさつ》の挽き肉状態なんだぞー。それにあの時『私はクラブの会員だよ。安心してついて来たまえ』なんて言っても、絶対に信じなかったと思うけど」

サヤの言葉に、カネルと米子は「確かに」と大きくうなずき、九堂がため息をこぼす。

「サヤさん、そのウサギルックが原因ですよ。少しは考えたらどうなのですか？……などと言っても無駄《むだ》ですね」

「はーい、無駄でーす」

手をあげて元気に答えるサヤに、九堂は「二十歳《はたち》にもなれば、改善されるかと期待していたのですが……」と頭を左右にふってから、ふたりへ顔をむけた。

「話を戻《もど》しましょう。学園を囲む結界には、出入口があります。米子さんが会員となるなら、その扉《とびら》の鍵《かぎ》の開け方を教えましょう」

「もし、会員になるのが絶対に嫌《いや》だって言ったら……？」

「装置を使ってあなたたちの妖怪《ようかい》係数をゼロにしましょう。それで、もとの学園生活が送れます。ただしこれは一時的な処置。いずれまた係数があがり、同じ事をくり返すのは確実です。特に米子さん、あなたです」

強い口調で呼ばれ、米子は身を震《ふる》わせて九堂を見た。

「ぜひ、クラブの一員となり、その能力を妖魔《ようま》退治やベロルの地球侵略阻止《しんりゃくそし》に役立てるべきです」

「ダメだ！」とカネルが怒鳴《どな》る。

「絶対にダメ！　コメちゃんをそんな危険なことに……」

「あなたには聞いてませんよ滸牧さん。これは米子さんの問題です。米子さん、どうなのですか？　そのウサ耳の装置を使わなくても、いずれそのレベルに達しますよ。そうなったとき、見える物を見えないと否定して、生きてゆくつもりですか？　目の前で、妖魔に人が食われるのを、黙《だま》って見過ごすことができるのですか？　どうなのです？」

米子はとっさに、濁流《だくりゅう》の中に消えてゆく父親の姿を思い浮《う》かべた。それは幾度《いくど》となく悪夢の中に出てくる光景である。

夢の中で米子は必死に叫《さけ》び、助けようと手を伸《の》ばす。だが、助けることはできない。濁流に消える人物の姿は、ときおり母親になったり、カネルになったり、幼い自分の姿になったりするが、最後は同じである。誰《だれ》ひとり助けることができず、うなされながら飛び起きるのだ。

「米子さん、どうなのですか？」

「私……」

ビーン、と後ろの方で震えるような音が響《ひび》いた。いや、そんな音は鳴ってはいない。米子がそう感じたにすぎない。

それは妖魔の気配である。その気配を感じた方角へ米子がふりむくと、同時にサヤが声をあげた。

「九堂先輩！」

パソコンのキーを激しく叩《たた》きながら、九堂が答える。

「妖魔係数三千ＥＰの雑魚《ざこ》一匹《ぴき》のようですね。場所は、結界の扉の前……」

「扉の位置が敵にバレバレですね。ということはやはり、スパイが結界の内部に？」

「そのようですね。ともかく迎撃《げいげき》しましょう」

と九堂が立ちあがる。

「私ひとりで大丈夫《だいじょうぶ》です」

「もちろんですサヤさん。よい機会ですので、米子さんに妖魔退治を見てもらいましょう。さあ、行きましょう」

九堂に言われて立ちあがろうとした米子の手を、カネルが押さえた。

「ダメだよコメちゃん……」

米子は少し迷ってから、カネルにむかってそっと首を横にふった。

「私、行く。カネルはここに残って」

「そんなこと……、できるわけないよ」

ふたりのやりとりにしびれを切らしたサヤが「行きまーす！」と声をあげて、部室から駆《か》け出てゆく。

九堂はなにも言わず、ふたりが結論をだすのを待っている。

「カネルわかって。この変な力、自分でどうにかできないと、ダメなんだと思う。そうしないと……」

米子は言葉を飲み込み、心の中で叫んだ。

（カネルを巻き込んだみたいに、きっとまた、誰かに迷惑《めいわく》をかける。そして、誰も助けられない。そんなの、絶対にイヤ！）

決意した米子の表情を見て、カネルはため息をついてうなずいた。もうどんなに反対しても無駄だと悟《さと》ったのである。

「わかったよコメちゃん。でも、僕もついてゆくからね。ダメだって言ったって、絶対、強引《ごういん》についてゆくよ」

（役たたずの金魚のフンかもしれないけど……。でも、約束したんだ。死んだコメちゃんの父さんと、コメちゃんを守るって）

（カネルどうして？　父さんが死んだのも、私の顔の傷も、みんな事故。カネルのせいじゃないよ。いくら父さんと約束したからって、無理して私の側《そば》にいる必要なんてない……）

米子はそう言いたかった。けれど言葉は出ない。

不安なのである。本心は、カネルに、側に居て欲《ほ》しかった。できるなら、ずっとずっといつまでも――。そう願っている。

「行こう」と、カネルが米子の手を引く。

米子は黙って、うなずいた。

6

「手短に言うと、わたくしたちの武器はエレメントです。エレメントを空気中より吸収し、加工する。その道具が魔法円《まほうえん》です」

足早に廊下《ろうか》を進みながら九堂が説明する。

現場へ走ったサヤの姿は、すでに見えない。

「エレメントってなんですか？」

九堂を追って、米子が後ろからたずねた。

「これのことです。この光って見えるのが、エレメント」

言いながら九堂が、指で輝《かがや》く正円を描《えが》く。

「物質を形成するのに元素があるように、精神や魂《たましい》を形成しているのが、このエレメントです。地球ではまだ、ひとつも発見されていませんが、魔術を発達させたメラ星では、すでに百と八個ものエレメントが科学的に認知《にんち》されているのです。

魔法円はこのエレメントを効率的に吸収、加工、発射するための方法。エレメントを操《あやつ》る方法は魔法円に限りません。様々な方法が存在しますが、当クラブではエノク式法円術の発展型を使っています」

「すると、それを覚えれば、誰でもエレメントを操れるってわけですか？」

カネルの質問に九堂はうなずいた。

「ただし、ある程度まで、と言っておきましょう。魔法円を描けば、勝手にエレメントが動くわけではないのです。魔法円を操る人間の中から出るエレメントが、魔法円に作用し、まわりのエレメントを引き寄せるのです。ですので、同じ魔法円でも、操る人間によってその威力《いりょく》はまちまち。逆に、雨神さんくらいのレベルに達すると、もはや魔法円など描かなくとも、吸収と照射が可能です」

クラブ校舎から外へ出ると、グラウンドの中心で、サヤがひとりスティックをふるっているのが見えた。

カネルの目には、サヤがひとりで踊《おど》っているようにしか見えない。

「……すごい……」

米子が声をあげる。米子には見えていた。

直径二十メートルほどの大きなドームがサヤを覆《おお》っており、その中で色とりどりのエレメントが渦《うず》を巻いているのが——。

「まず円を描く、これが基本結界です。そして追儺《ついな》の五ぼう星形、そしてエレメントを集めるためのエノク文字を書き入れる。簡単なものなら数秒で描けますが、複雑なものだと、季節や日時、方角といった細かいデータを書き込む必要があり、場合によっては数日かかるものも」

「そんなんじゃ、描き終わる前に妖魔《ようま》に食われてますよ」

「そこで、まずこれです」

九堂がノートパソコンを開き、いくつかのキーを押す。

パソコンの横に付いてる小さなレーザー発信機から、地面にむかって魔法円が照射される。

複雑な文様を持つ、直径が四メートルもある大きな魔法円だった。

地面に焼きつけられたらしく、レーザーの照射を止めても、魔法円は消えない。

「退魔円型の強力な結界です。このように、いかなる複雑な魔法円も瞬時《しゅんじ》に描けるのです。そして、必要なエレメントを詰《つ》め込んだカートリッジを使用すれば、エレメントを集めるという面倒《めんどう》な作業も省けるのです」

九堂がエノク語を唱えながら、カプセル型の小さなエレメントのカートリッジを投げる。中から飛びだしたエレメントが、魔法円の上で渦を巻き、やがてドーム型の透明《とうめい》な壁《かべ》をつくりあげる。

もう一度エノク語を唱えると、壁の一部が扉《とびら》のように開いた。

「さあ、この中に入ってサヤさんの活躍《かつやく》を観戦しましょう。入口はここですよ。線や文字を踏《ふ》まないように入るのです。うかつに踏み消すと、焼死《しょうし》する場合もありますよ」

言いながら、九堂がすたすたと魔法円の中へと入ってゆく。

追って米子とカネルが恐《おそ》る恐る足を踏み入れると、九堂は内側からエノク文字を魔法円に書き足し、扉《と》を閉ざした。

ふいに――。

雷《かみなり》のような轟音《ごうおん》が響《ひび》き、サヤの作るドーム結界の上に、幾本《いくほん》ものトゲが突《つ》き出た巨大《きょだい》な鉄球のような物が落ちて来た。

ガン！

と激しくサヤのドームへ当たるが、損傷はない。鉄球がドームの上で跳《は》ねて、横へ転がっただけである。

「学園を覆う結界の出入口は、あそこ、グラウンドの中央、上空およそ十メートルの位置にあります」

「そんなとこに作っちゃって、どうやって出入りするんですか？」

「使いづらい方が、妖魔にも見つかりにくいのです」

「でも、しっかり見つかってますよ」

転がった鉄球がひび割れ、妖魔はヒトデのように開いて人型へ変化《へんか》する。トゲの生えた鉄球の外側が背となり、内側の正面は、タコの吸盤《きゅうばん》を思わせる無数の赤いイボに覆われている。頭はイソギンチャクのような、短い触手《しょくしゅ》に覆われ、目も口も無い。

「あれが妖魔です」九堂が指さす。

「闇雲《やみくも》に、わたくしたちに挑《いど》んで来るのですから、もはやまっとうな思考が無いようですね。哀《あわ》れな。すみやかに成仏《じょうぶつ》させてあげましょう」

怒《いか》り狂《くる》った雄叫《おたけ》びをあげ、妖魔がサヤのドーム結界へ襲《おそ》いかかってゆく。

米子は震《ふる》え、カネルの手を強く握《にぎ》りしめた。

とたんにカネルの目にもはっきりと、その妖魔の姿が見えた。

「ここに居れば、安全だから……」

そう言うカネルの方が米子より激しく震え、歯の根があわずカチカチと鳴りだしている。

「ラ！　エウーハ！」

サヤが叫《さけ》ぶ。

ドームの一部が窓のように開いた。そこから外へ流れ出たエレメントが合成され、ランドセルを背負ったバニーガール姿の小さな女の子へと変わる。

小学二年ほどの少女で、不自然なほど細長いピンヒールを履《は》いている。

「あれは、エレメントを合成して作った対妖魔用の人工精霊《エレメンタル》です。容姿はサヤさんの好みです。

確か名前は、妹ウサギ二号」

妖魔の姿を見たエレメンタルの妹ウサギ二号が、声をあげて泣きだした。

『えーん、怖《こわ》いよお兄ちゃーん！』

「なんか、ものすごく弱そうなんですけど？」

「心配は無用です」

妖魔は容赦《ようしゃ》なく、泣いている妹ウサギに襲いかかる。

すると妹ウサギは、

『いやーん、来ないでー！』

と泣きながら飛びあがり、綺麗《きれい》な後ろ回し蹴《げ》りを妖魔の首へ打ち込む。

サクリ——。

ピンヒールの踵《かかと》が、妖魔《ようま》の首を斬り落とした。瞬殺《しゅんさつ》である。

『来ないで！　来ないで！　来ないで！』

叫びながら妹ウサギは続けざまに回転し、妖魔の体を、ステーキ肉のように斬《き》り刻んでゆく。

あまりの残酷《ざんこく》さに米子が顔をそらした。

「終わりましたね。撤収《てっしゅう》しましょう」

と結界の扉を開き、九堂が魔法円の外へ足を踏みだす。

嫌《いや》な臭《にお》いがした。

米子にもはっきりとわかった。

「サヤさん、これは罠《わな》です！」

怒鳴《どな》ると同時に、空から降って来た五本の槍《やり》が九堂を襲う。ノートパソコンを投げ捨て、九堂は両手で槍を払《はら》い除《の》ける。だが、払い除けられたのは二本だけだった。

三本の槍が、九堂の胸を交差しながら貫《つらぬ》く。

米子とカネルは、突然《とつぜん》のことに声を失い、叫ぶこともできなかった。

九堂は両膝《りょうひざ》を地面に落とし、そのまま後ろへゆっくりと倒《たお》れこむ。しかし、背中から突き出た三本の槍が、九堂の身体《からだ》を支え、倒れることを許さない。

「九堂さん！」

カネルが叫ぶと、九堂は目を閉じたまま答えた。

「心配いりません。心臓が止まっただけです。米子さん、早く結界を閉じるのです。ベロルです。あの妖魔は囮《おとり》……。うかつでした……」

九堂が沈黙《ちんもく》する。

「嘘《うそ》、嘘ですよね……？ 九堂さん！」

カネルがそっと九堂の肩《かた》を揺《ゆ》する。反応が無い。あきらかに死んでいる。

奇声《きせい》をあげて、空から十三匹《びき》の妖魔たちが降って来た。様々な容姿を持った妖魔たちである。

コブのある巨大《きょだい》ミミズ。首のふたつある鬼《おに》。無数の足と無数の目がある蜘蛛《くも》。全身からガラスのような破片《はへん》が突《つ》き出ている鬼。二本のツノと六つの目がある透明《とうめい》な大蛇《だいじゃ》。……等々である。

それらがいっせいに、サヤのドームを襲う。

サヤはすばやくエレメンタルをエレメントへ戻《もど》し、ドーム結界を強化する。それでどうにか、攻撃《こうげき》を防いだ。けれど、ひとりでは防戦がやっとである。反撃の余裕《よゆう》など、まるでない。

双頭《そうとう》の鬼が一匹、カネルたちに目をつけた。

「カネル、そこ退《ど》いて！」

米子は急いで、結界の扉《とびら》を閉じるエノク文字を指で地面に書き込む。

（えーと、確かこんな感じの文字……）

閉じない。どこかが、ちがうのである。

双頭の鬼が奇声をあげ、鋭《するど》い爪《つめ》を米子たちへむけて走りだす。声をあげているのは、右側の首で、左側の首は薄笑《うすわら》いを浮《う》かべている。

(お願い！ 閉じて！)

祈《いの》りながら、描《か》き直す。

キン！ という音を立てて、結界の扉が閉じた。次の瞬間《しゅんかん》——。

ガン！ 双頭の鬼が、ドーム型の結界の壁《かべ》に激しく爪をつき立てる。

衝撃《しょうげき》で、壁が震《ふる》えるのを米子は目にした。そして、魔法円に描《えが》かれている文字のいくつかが震え、ぼやける。

双頭の鬼が、互《たが》いに言葉を吐《は》いた。

「笑わせるな！」「この程度の結界で、俺たちの攻撃が防げると思ってるのか？」「引きずりだして食ってやる」「一分だ」「いや、三十秒で充分《じゅうぶん》」

双頭の鬼は勝ち誇《ほこ》った笑い声をあげ、続けざまに、爪をふりおろす。

攻撃を受けるたびに、文字が薄れてゆく。

「娘《むすめ》は俺が食う」「ならば小僧《こぞう》は俺だ」「九堂は？」「要《い》らぬ。死肉は不味《まず》い」

結界の壁に亀裂《きれつ》が走った。

(もしかすると……)

消えかかった文字を、上からなぞってみた。

とたんに亀裂が小さくなる。

「カネル手伝って!」

ふたりは気づいた。文字を消さなければ、結界の強さを保てることを。

小さな小石を拾い、ふたりは薄くなった文字を、次々と書き直してゆく。

「くそっ!」

「いまいましい小僧どもめ!」

双頭の鬼は、攻撃の手を速めた。

カネルと米子は、足もとのエノク文字をなぞるのに没頭《ぼっとう》した。

これで、この結界がどのくらい保《も》つのかわからない。こんなことをしていて、助かるのかもわからない。だが、今できることはこれしかないのである。

「くそっ! これではらちがあかぬ」「いたしかたない」「誰《だれ》か呼べ」「一匹でいいぞ。俺たちの食う分が減る」「そうしよう」

双頭の鬼がうなずきあい、攻撃の手を休めた。その次の瞬間、異変が起きた。

結界の壁の一部がふいに薄れたのである。

(えっ? どうして?)

ふりむいた米子はその理由を知った。槍の柄《え》を伝って九堂の身体から流れ出た血が、文字のひとつを消していたのである。

米子は砂で血をどかし、書き直そうとした。

――だが、遅《おそ》かった。

薄くなった壁の一部を鬼の腕《うで》が突き破る。

そして、大きく開かれた鬼の手のひらが、背後から米子をつかもうとした。

「コメちゃん！」

退魔円のページをかざし、カネルは米子をかばい、妖魔《ようま》の前にたちはだかる。

もはや、その程度の退魔円が通じる妖魔ではない。本をかざした腕ごと、鬼の右手がカネルの首をつかみあげた。

そのまま結界の外へ引きずりだそうとするが、結界に開けた穴が小さく、腕が抜《ぬ》けない。

「潰《つぶ》すなよ。死肉は不味いぞ」「当然だ」

双頭の鬼は、左手で結界の穴を広げてゆく。

「やめて！」

米子は持ちあげられたカネルの身体《からだ》に抱《だ》きついた。

「連れてかないで！」

米子は叫《さけ》んだ。

いつものように――。いつも見る悪夢と同じように――。

(連れてかないで！　連れてかないで！　もう誰も連れてかないで！　神様、お願い。私、い

い子にしているから)

赤黒い濁流《だくりゅう》が、父親を、母親を、そしてカネルを連れ去ってゆく悪夢——。泣き叫んでも無《む》駄《だ》である。飲まれた人々は、もう二度と帰らない。深い地中の闇《やみ》へ消え、死体さえ戻《もど》っては来ない。

その悪夢が今、現実となっている。

「カネルを返して! 食べるなら私を食べて!」

悪夢と同じように、米子にはどうすることもできない。

「言われなくとも」「食ってやるぞ」

と双頭《そうとう》の鬼《おに》がほえる。

カネルは首をつかまれ、声をだすことも、息をつくこともできない。

それでも、かろうじて動く両足で、鬼の腕を蹴《け》っていた。鬼にとっては、虫に蹴られている程度のものでしかない。

——力が欲《ほ》しい。カネルは思った。丈斗のように、世界を救うような力ではなくていい。せめて米子ひとりを守れるだけの力が……。

意識が薄れ、カネルはもう、自分がどこにいるのかさえわからなくなってゆく。どこかで、誰かが「金魚のフン」と怒《ど》鳴《な》った。級友たちが笑う。その中でひとり、米子だけが笑わない。

「はーい、金魚のフンでーす!」カネルがおどけると、級友たちが腹を抱《かか》えて笑いだす。けれ

ど米子だけが、悲しげな目でカネルを見ている。

「父親を亡《な》くす前は、いつも明るく笑っているような子だったんですよ」後ろで米子の母親が、先生に告げる。どこかで、なにかが回りはじめた。ぐるぐる。ぐるぐる。ぐるぐるるるるるる・・・……——。


結界の穴が大きくひらかれ、カネルの身体が外へ引きずりだされてゆく。

「誰か助けて！」

米子が叫んだ。それに反応したかのように、光がその鬼の右腕を撃《う》ち抜いた。遠くから放たれたエレメントの一撃《いちげき》である。

カネルの身体が鬼の手から離《はな》れ、結界の中へ転げ落ちる。

「カネル！」

意識の無いカネルの身体を、米子は抱きしめた。

「誰だ？」

「どこからだ？」

唸《うな》りながら双頭の鬼は、エレメントが来た方角へ目をむいた。

頭上にいくつもの魔法円を浮《う》かべたロロミが、小走りで近づいて来る。

「ほらみろ！　あんたたちなんか……、あんたたちなんか、ただの役たたず！　なんにもできないただのくそバカ！」

視線は鬼を睨《にら》んでいるが、ロロミの言葉は米子たちへむけられている。

エレメントの攻撃《こうげき》を恐《おそ》れた双頭の鬼は、腕を押さえながら後退し、仲間を呼んだ。

「手を貸せ！」「こんな、小娘《こむすめ》ひとり」「複数なら勝てる」

サヤの結界ドームに群がっていた妖魔たちがいっせいにふりむき、その一部が奇声《きせい》をあげて走りだした。けれどすぐ——。

「エウーハ！」

先頭を走っていた妖魔の頭が、ロロミのエレメントの一撃を受けてスイカのように飛び散る。

それを目にし、妖魔たちの足が止まった。

ロロミの上空に浮かんでいる魔法円の数はあと三つ。すべての妖魔を倒《たお》すのは不可能である。

しかし妖魔たちは、自分がその犠牲者《ぎせいしゃ》のひとりになるのを恐れ、動けない。

「クラブが認めても、あたし、絶対に認めない！　九堂さんが死んだら、あんたたちのせいだ！」

結界ドームの前に走り着いたロロミは、妖魔たちを魔法円で威嚇《いかく》しながら米子へ怒鳴り続ける。

「あんたなんか、誰《だれ》ひとり守れないくせに！　役たたずのくずバカじゃないの。くずバカ！くずバカ！　くずバカ！」

怒鳴り散らすロロミにむかって、妖魔たちがじりじりと近づいて来る。

「恐れるな」「一気に攻撃をかけるのだ」「そうだ。全員で一気に飛びつけ」「三で行こう」「よし！」「一……、二の……」「三！」

雄叫《おたけ》びをあげ、妖魔《ようま》たちがいっせいに襲《おそ》いかかる。

だが、その足もとへ数枚のタロットカードが突《つ》き立てられ、妖魔たちは動きを止めた。

強いエレメントを含《ふく》んだ時限爆弾《ばくだん》のようなカードである。

「やあロロミさん、助けに参りましたよ」

涼《すず》しい声をあげ、男がひとり、タロットカードを手の中で操《あやつ》りながら、のんびりと歩いて来る。

詰《つ》め襟《えり》の黒い学生服の上に、黒いマントを纏《まと》った長身の男だ。顔を隠《かく》すように学生帽《がくせいぼう》を深くかぶり、手には白い手袋《てぶくろ》をはめている。

「……シリルさん。でも別にあたし、助けてくれなんて、頼《たの》んでない、ですわよ」

「ご婦人を助けるのは紳士《しんし》のたしなみ。僕の家の家訓です。どうぞお気になさらず」

口許《くちもと》に笑《え》みを浮かべて、またタロットを一枚、妖魔たちの足元へ投げた。マントがひるがえり、血のように赤い裏地がのぞく。

「くそ！　またひとり増えた」「恐れるな！」「行け！」「まだ勝てる！」「少々手間がかかるだけだ」「そう。力は我々の方が上」「いや待て！」

と仲間を止めたのは、透明《とうめい》な大蛇《だいじゃ》の肉体に、二本のツノと六つの目を持つ妖魔である。

「なんだ？」「どうしたのだ？」「怖《お》じ気《け》づいたのか？　水鬼《すいき》」

「……やられた。どうやら九堂に謀《はか》られた」

「バカな！」「囮《おとり》を使って、九堂を仕留めたのは我々ではないのか？」

「九堂はわざと討《う》たれたのだ。我々を油断させるのが狙《ねら》いだ。見ろ！　あの機械を」

それは、攻撃を受ける前に九堂が結界の外に投げだしたノートパソコンだった。微《かす》かに動いている。

妖魔たちのデータが、通信機能を使って五郎八たちに送られているのだ。逃《に》げられないように包囲し、残らず殲滅《せんめつ》するのがその狙いである。

「まさか……」「考え過ぎではないのか？」

「ならばなぜ、こいつらが現れたのだ？　ベロルの装置が、我々の気配を消してくれているはずなのに」

にやり、と死んでいる九堂の口許に笑みが浮かんだ。

「しまった！」「散れ！」「包囲を破って逃げるのだ！」「なんとしてでも！」「目的を忘れるな！」「生き延びろ！」

妖魔たちが八方へ散る。

それを追って、シリルとロロミも左右へ走りだす。

「ロロミさん競争ですよ。どっちが多く妖魔を狩《か》れるか」

「望むところ！　……ですわ」

「よーし！　お姉さんだって負けないぞー！」

サヤも結界を開け、エレメンタルを飛ばす。

水鬼と呼ばれた透明な大蛇だけが、逃げるようなそぶりで宙を泳ぎ、米子たちの結界へと近づく。

米子は急いで文字を直し、破れていた結界の穴を封《ふう》じた。

ガン！

結界の壁《かべ》を頭のツノで叩《たた》き、水鬼は左右に三つずつある六つの目を、米子にむけて言う。

「久しぶりだな米子」

「……？」

「忘れたのか？　あの川で、おまえの父親、狛止直矢《なおや》を食った水鬼だ」

「……父さんを？」

頭の中が混乱し、米子にはその意味がまるで理解できなかった。

本校舎の方角から、誰かが走って来る。三つ編みを左右に垂らした制服姿の女子である。

それを目にした水鬼は、風のような速さでその場から消えた。

「また会おう、米子」

そう言い残して——。

# 第三話 守護神・召喚!

## 1

「コメちゃん!」

カネルは叫《さけ》んで跳《と》び起きた。いつもの朝と同じように、枕許《まくらもと》の目覚まし時計に目をやろうとする。時計はなかった。時計どころか、枕も布団《ふとん》もない。

カネルは、床《ゆか》に敷《し》かれた段ボールの上に寝《ね》かされていた。大きく『さつまチップス初恋《はつこい》すき焼き味』と書かれている。

(初恋すき焼き味って、なんだよ!)

と寝ぼけ頭で、意味のない突っ込みを入れてから、あたりを見まわす。

妖魔術クラブの部室の中である。誰《だれ》もいない。

すでに下校時間となっているらしく、外の方では、吹奏楽部《すいそうがくぶ》の発するラッパの音が、象の鳴き声のようにもの悲しく響《ひび》いている。

（あれ、なんでここで寝てるんだ？）

ふいにカネルは思いだした。妖魔の群れに襲われ、九堂よしえが串刺《くしざ》しにされて死んだことを――。双頭《そうとう》の鬼に首をつかまれ、米子を守り切れずに、自分が気絶してしまったことを――。

「コメちゃん？　ど、どこだよコメちゃん！」

跳《は》ねるように立ちあがったカネルは、ドアを開け、廊下《ろうか》へと飛びだす。と――

戸口で柔《やわ》らかい物体にぶつかった。

長身の女性である。きゃっ！　と小さく悲鳴をあげ、胸を押さえる。けれど撥《は》ねとばされて尻餅《しりもち》をついたのは、カネルの方だった。

「ご、ごめんなさい！」

とっさに謝ってカネルが顔をあげると、そこに立っていたのは、紅椿学園高等部の制服を着た身長百七十ほどのスラリとした女生徒である。

「だいじょうぶですかカネルさん？」

女生徒は長身を折って、心配そうにカネルを覗《のぞ》き込む。左右の三つ編みがカネルの目の前へ垂れた。

制服と校章の色が高等部の三年生であることを示している。

カネルの名を知っており、なおかつこの部室に入って来たということは、九堂やサヤたちが言っていた妖魔術《ようまじゅつ》クラブの会長らしい。カネルにもそう察しがついた。

「コメちゃんは無事なんですか？」という問いかけだった。

だいじょうぶです。そう答えるつもりが、カネルの口から出てきた言葉は「コメちゃんは無事なんですか？」という問いかけだった。

女生徒は微笑《ほほえ》んで答える。

「はい、無事ですよ。今、裏庭で魔法円の練習をしてるところです」

「魔法円？　とにかく、よかった……」

米子の無事を知ったカネルは、へたりこむように浮《う》かした腰《こし》を床へ戻《もど》す。とたんに、なにもできずに気絶していた自分が情けなくなった。

「はじめまして。妖魔術クラブ会長の寺流五郎八です」

五郎八がカネルに手を差しのべる。

「あ、はい。どうも、はじめまして。中等部二年二組の滯牧兼です」

照れながら手を握《にぎ》ると、五郎八はぐいとカネルの手を引いて立ちあがらせた。

「さあ、行きますよ」

「どこへ、ですか？」

「もちろん、米子さんのところです。ここに残っていてもいいですけど」

「いえ、行きます！　すぐ行きます！」

「はい、ちょっと待っててくださいね。用意しますから」

そう言うと、五郎八はロッカーを開け、中から大きめのボストンバッグを取りだした。よほど大切な物が入っているらしく、五郎八はそっとバッグをテーブルの上に置き、ゆっくりとファスナーを開ける。

「会長さんが、僕たちを助けてくれたんですか？」

「はい。でも本当に危ないところを救ってくれたのは、ロロミさんとシリルさんですよ」

「ロロミが……？」

自分たちを殺そうとしたロロミが、助けてくれるとは思ってもいなかった。むしろ、助けられたくない人物である。だが、米子が無事なのだから、感謝しなくてはいけない。

心の整理がつかず、カネルは眉間《みけん》に皺《しわ》をよせた。

（いや、そんなことより！）

三本の槍《やり》に胸を貫《つらぬ》かれた九堂を思いだす。

「あ、あの……、九堂さんの容態《ようだい》は……？」

「はい、九堂先輩《せんぱい》も無事です」

「えっ？　でも、心臓が止まって……」

五郎八はバッグの中から本や小瓶《こびん》などを取りだしながら、こともなげに言う。

「九堂先輩、実はサイボーグなんですよ」

「はあっ⁉」

一瞬《いっしゅん》、冗談《じょうだん》かと思い、カネルは間の抜《ぬ》けた声をはりあげる。

「昔、首から下を妖魔に食べられちゃったんです。だから今は、九堂先輩の体、メラ星で開発された人工細胞《セルブロック》でできてるんですよ」

「少しちがいます。厳密には、脳の一部を除く、ほぼすべての細胞がセルブロック。これは、さらなる改良を加えた結果です」

はっきりと、九堂よしえの声が聞こえた。

その姿を捜してカネルがあたりを見まわすと、五郎八がボストンバッグを大きく開いた。中に九堂よしえの生首が入っていた。

「うひゃ！」

と、カネルが後ろへ飛び退《の》くと、九堂の首がカネルを見据《みす》えて言った。

「少しも驚《おどろ》くことはありません。頭部に埋《う》め込まれた補助電池で動いているのです。ボディが損傷しても、指示を与《あた》えられるよう、最近このように改良したのです。損傷したボディの方もすぐに修復が……」

「そのことなんですけど九堂先輩……。さきほどメラ星の大使館から連絡《れんらく》がありまして」

五郎八はポケットからメモを取りだして読みあげる。

「ご希望の交換《こうかん》パーツ、こちらの保存に不備があり、腐敗《ふはい》のため使用不可となっていました。陳謝《ちんしゃ》します。至急、メラ星より取り寄せますので、なにとぞ十時間の猶予《ゆうよ》をお願いします。メラ大使館、庶務課《しょむ》、梶井《かじい》より。——だそうです」

ちっ！　と大きく舌打ちして、首だけの九堂がぼやいた。

「予備をあてにして肉体を犠牲《ぎせい》にしたというのに……、とんだ誤算です」

と強く唇《くちびる》を噛《か》みしめるが、すぐに思考を切り替《か》えて、冷静な口調で五郎八に言う。

「それで、逃《に》げた妖魔《ようま》どもはすべて仕留めたのですか？」

「すみません。三匹《びき》、まだ見つかりません。メラ星の強力な隠れ蓑《ステルスシート》を使っているみたいです。シリルさんとロロミさん、サヤ先輩の三人が、今も捜しているんですけど、なかなか……」

「では探索《たんさく》は中止しましょう。敵が動くのを待つのです。敵の目的はおそらく雨神さんの遺体です。味方の探索パターンから、雨神さんの安置場所が知られる危険があります」

「わかりました」

「米子さんはどこですか？」

「裏庭で魔法円の製作練習をしてます」

「妖魔襲来《しゅうらい》で怖《お》じ気《け》づくかと思ったのですが、逆にやる気になってくれているのですね。なによりです」

「なんでも、逃げた水鬼という妖魔が、昔、米子さんのお父さんを食べたとか……」

それを耳にしたカネルは「えっ？」と声をあげ、五郎八に詰《つ》めよった。

「それ、どういうことなんですか？」

その時――。

ほんの微《かす》かに、女の子の悲鳴が聞こえた。五郎八にも九堂にも、誰《だれ》の悲鳴なのか判別できなかったが、カネルにはわかった。

「コメちゃん！」

カネルは叫《さけ》んで部室から飛びだすと、廊下《ろうか》を走り抜け、転げるような勢いで階段を駆《か》け降りた。

「嫌《いや》ーっ！」

しっかりと米子の悲鳴が聞こえた。裏手のあき地からである。

2

クラブ校舎の外に飛びだし、裏へ回ると、米子の身体《からだ》がくるくると回りながら宙を舞《ま》っていた。

「ほーら、高い高ーい。ほーら、高い高ーい」

妖怪《ようかい》タカイタカイである。

「あ、こいつまた！　やめろ、こら！」

怒鳴《どな》って歩みよると、タカイタカイは触手《しょくしゅ》を伸《の》ばし、カネルの身体をすばやく捕《と》らえた。

「うわっ！」

「ほーら、高い高ーい。ほーら、高い高ーい」

あっと言う間に空へ投げられ、カネルも米子といっしょに、くるくると宙を舞う。

「うおーっ！　やめろーこらー！」

怒鳴ったくらいで、やめるタカイタカイではない。嬉《うれ》しそうに高々と投げあげられてゆく。

「あ、なんか楽しそうですね」

遅《おく》れて来た五郎八が、ふたりを見て嬉しそうに言う。

「か、会長……。早く……、見てないで、こいつをどうにか……」

回りながらカネルが助けを求めると、五郎八はポケットから小さな瓶《びん》を取りだした。

中には、小さな突起《とっき》がいくつもある、色とりどりの丸い粒《つぶ》が入っている。そのひと粒を手のひらに載《の》せ、五郎八が差しだす。

「はい、ごくろう様です。ひとつ、お休みしてはどうですか？」

タカイタカイはふいに、カネルたちを投げあげるのをやめ、五郎八へたずねた。

「それ、なーに？」

「甘い甘いコンペイトウですよ」

タカイタカイは、カネルと米子をそっと地面におろした。そして五郎八からコンペイトウをもらうと「甘い甘い。甘い甘い」とつぶやきながら、身体を揺《ゆ》らして去ってゆく。

目を回してへたりこんでいるふたりに、五郎八は言った。

「魔法円やエレメントを使うだけじゃなく、こんなふうに交渉《こうしょう》することも、追儺《ついな》や召喚《しょうかん》のひとつなんですよ」

米子は「はい」と力強くうなずき、黒い本とスティックを手に立ちあがった。

スティックは、色とりどりのリボンの巻かれたマジカルスティックである。本には『メラ式召喚円作成の基礎《きそ》I』と書かれている。

米子はそれを見ながら、スティックの先端《せんたん》を地面に押しつけ、魔法円を描《えが》く。

「コメちゃん……」

見たこともない米子の真剣《しんけん》な表情に、カネルはいつもの軽口をたたくことができず、言葉を飲み込んだ。

あたりの地面には、米子が描いて消した魔法円の跡《あと》が、いくつも散らばっている。

「あのねカネル……」

米子は背をむけたまま言った。

「あの時、父さん、溺《おぼ》れて死んだんじゃなかったよ。水鬼っていう妖魔の仕業《しわざ》だった。水鬼が、お父さんを、殺して食べた……」

怒《いか》りを刻みこむように、米子の手にしたスティックが、地面をえぐって魔法円を描く。

「だから、カネルは全然関係ない。父さんが死んだのも、私の頰《ほお》にある、この傷も……」

「誰がそんなこと……？」

「……水鬼。あの妖魔が私に言ったの。私の名前も知ってた！」

涙《なみだ》を溜《た》めた瞳《ひとみ》をカネルにむけ、米子は怒鳴った。

「だから私、あいつを殺す！」

（殺す！　殺す！　絶対に殺す！　私と母さんから、父さんを奪《うば》ったあいつ、水鬼！）

父親を失った当初の痛みを、米子は怒りと共に強く思いだしていた。

その痛み——、たとえるなら、よく切れる刃物《はもの》で胸をえぐられ、大きく丸い穴をあけられてしまった痛みに等しい。

しかし、どんな痛みも時が徐々《じょじょ》に癒《いや》してくれる。あいてしまった穴はそのままだが、血がほとばしるような強い痛みを感じることはない。

ときおり、うずくように痛むだけである。

痛みは決まって、米子と母親がささやかな幸せを得ている場面で起こる。

美味《おい》しい物を食べた時、美しい物を見た時、楽しい場所を訪《おとず》れた時——、起こる。

父さんにも食べさせてあげたかった。父さんにも見せてあげたかった。父さんにも……、父さんにも……。そんな思いと共に起こる。

父親が本当にそこに居て、いっしょに笑ってくれたなら、そのささやかな幸せはなん倍にもなっていただろう。まぎれもなく。

なのに父親の姿は、いつもない。ぽっかりとあいている場所を、ただ冷たい風がすり抜《ぬ》けてゆくだけである。

その痛みを、米子はただ静かに押さえつけて生きてきた。

私が川で溺れなければ……。父さんが私を助けようとしなければ……。そんな負い目を理由に、痛みを堪《こら》えてきたのである。

だが、ちがっていた。父親は水鬼に食われた。背負ってきた痛みの元凶《げんきょう》、そのすべてを作った妖魔が存在したのである。

今、あいた胸の穴の中で、米子の怒りの炎《ほのお》が燃えあがっている。血のように赤く。

その炎に内側から焼かれ、忘れていた強い痛みと同じ苦痛を米子は感じている。消さない限り、その苦痛から逃《のが》れられない。

だから――。

(自分の手で、水鬼を殺すしかない)

「だから私、絶対に……」

「そんなの！　……嘘《うそ》だよ！」

カネルは怒鳴《どな》り、米子の決意を変えさせようと焦《あせ》った。

(ダメだよコメちゃん！　無理だよ！　妖魔を倒《たお》すなんてこと、今のコメちゃんには無理だよ！　危険だよ。九堂さんみたいに、首だけになっちゃってもいいのかよ！　ダメだよ！　絶対にダメだよ！）

心の中で叫《さけ》びながら、カネルは冷静を装《よそお》った口調で米子に言った。

「妖魔が言ったことを、どうしてそんな簡単に信じるんだよ？　コメちゃんを惑《まど》わすための罠《わな》かもしれないじゃないか。ちょっと調べれば、コメちゃんの名前ぐらい簡単に……」

「でも、父さんの名前も知ってた。川のことも知ってた」

「それだって……」

「たとえ嘘だとしても！　私……、許さない。あいつは、私が」

米子は描きかけの魔法円にむきなおり、スティックを動かす。

「でもねコメちゃん、つい数時間前なんだよ。妖怪《ようかい》が見えるようになったのは。魔法円だって、ロロミみたいに強力なのは作れないし……。それはまあ、練習すればきっとうまくなるだろうけど、いきなり急に、ポーンと強くなるなんてこと……」

「そんなことない！　そうですよね？」

と米子に同意を求められた五郎八が、カネルに笑顔《えがお》をむけて答える。

「はい、そうなんです。いきなり、強力な魔法円が作れたり、人工精霊《エレメンタル》が操《あやつ》れたりすることはないですけど、強くなる方法はいろいろあるんですよ。一番、簡単な方法は、自分に力を貸してくれる精霊、つまり味方の妖怪を召喚《しょうかん》することです」

「妖怪の味方？」

「守護神と言い換《か》えてもいいかもしれませんね。大抵《たいてい》の家に、妖怪さんがひとりやふたりは居《い》候《そうろう》しているんですよ。場合によっては、力を貸してくれるかもしれないんです」

「それを召喚すれば、妖魔を倒せるんですか？　コメちゃんを守ってくれるんですか？」

「運よく、強い妖怪さんが米子さんに味方してくれればの話です。ちなみに、雨神先輩《せんぱい》の家には、遊天童子さんというそれはそれは強い、先祖の精霊がついてました。他《ほか》にも、同じくらいに強い、牛鬼《うしおに》のモーギさんや豹女《ひょうおんな》のミョウラさんが、雨神先輩の人柄《ひとがら》を気にいって味方してくれてたんですよ」

「だからアマタケ様は強かったんですね？」

五郎八は小さく、首を横にふった。

「いいえ。雨神先輩は、遊天さんたちの力を借りなくても、ずっとずっと強かったんですよ。でも今は……」

五郎八はうつむき、言葉を濁《にご》す。

召喚円を描《えが》き終えた米子が、別のページを開き、エノク語を唱えはじめる。

とたんに風がやみ、木々のざわめきが聞こえなくなった。さっきまでうるさいほどさえずっていた鳥たちも声を潜《ひそ》めている。

背中にぞくりと嫌《いや》な気配を感じ、カネルは身震《みぶる》いした。

「あのー、召喚した妖怪が、必ず守護してくれるとは、限りませんよね？」

カネルの問いに、五郎八はニコニコと答える。

「はい。交渉《こうしょう》に失敗して、食われちゃった人もいるそうですよ」

「つまり、これってものすごく危険な……」

カネルが言い切る前に、エノク語を唱え終えた米子がスティックで召喚の印を切った。

ザッ！　という音に似た強い気配を、カネルは背中に感じた。

（き、来たのか！）

カネルがそっとふりむくと、クラブ校舎の陰《かげ》から、妖怪が白い頭をのぞかせていた。

「呼んだ？　僕のこと、呼んだ？」

よく見ると、妖怪タカイタカイである。

カネルは顔の前で大きく手をふって、強く否定する。

「いや、呼んでない。ぜんぜん呼んでない」

しかしタカイタカイは、嬉《うれ》しそうに近づいて来る。

「呼んだよね？」

「絶対に呼んでない！　来るな！　帰れ！　帰れってば！　来るな！　うわっ、放せ！　やめろー！　うわわわわっ！」

「ほーら、高い高ーい。ほーら、高い高ーい」

当然のごとく、カネルの体が宙を舞《ま》う。

続いて、米子の体も舞う。

「嫌ーっ！」

「はいはい、ごくろう様です。今度は青いコンペイトウですよ」

五郎八からコンペイトウをもらい、タカイタカイが帰ってゆく。

失敗である。米子はその召喚円を消し、また新たな召喚円を描きはじめた。

あきらめない。絶対にあきらめない。強い決意が、唇《くちびる》を噛《か》みしめ、無言でスティックを動かす米子の表情に浮《う》かんでいる。

「妖怪さんにもいろんな種類があるように、それを呼ぶ召喚円にも、いろんな型があるんです。なによりも、米子さんの波長にあった召喚円を探すことが大事なんですよ」

しかし――、次に米子が召喚した妖怪も、なぜかタカイタカイだった。

「呼んだ？」

「呼んでない！　来るな！　うわわわわっ！」

三度め、米子は泣きだした。なんどやっても、タカイタカイしか召喚できない自分が情けなくなったのである。

「ごめんね」

タカイタカイがそっと米子を降ろし、コンペイトウをもらわずに去ってゆく。

米子は涙《なみだ》を拭《ぬぐ》い、また別の召喚円に挑《いど》む。

しかし、やはり。

「呼んだ？」と、クラブ校舎の横からタカイタカイが、また顔をだす。

「五郎八会長、これってもしかすると、コンペイトウで餌付《えづ》けされてしまったという可能性が、うわっ！　放せ！　うおーっ！」

カネルを投げあげるが、タカイタカイはもう米子には触手《しょくしゅ》を伸《の》ばそうとしない。

「そうですね、そうかもしれません。満足したら帰りますから、カネルさんはそのまま、弄《もてあそ》ばれてててください」

「いやそれは……、ちょっと、イヤー！」

空に遠ざかるカネルの声を無視して、五郎八は次の本を米子に渡《わた》した。

「それじゃあ、これとこれも試《ため》してみましょう。とにかく今は、たくさん描くことが大事ですから」

3

それから一時間、どの召喚円を試しても、来るのは妖怪《ようかい》タカイタカイのみだった。

さすがにカネルの方も慣れ、空中で体を制御《せいぎょ》するコツを覚えた。体が回転しなければ、目を回すこともなく、恐怖感《きょうふかん》も薄《うす》れる。

するともう、投げあげられることは、よく弾《はず》むトランポリンに乗っているような快感に変わってしまう。

「はっ！　ほっ！」

掛《か》け声と共に、空中でいろんなポーズを試してみたり、スポーツ選手のように二回転ひねりなどに挑戦《ちょうせん》したりしてみた。

カネルがどんなポーズで落下しようと、タカイタカイの触手が、やさしく確実に受け止めてくれるため、怪我《けが》の心配もない。

だがそれも、度が過ぎるとしだいに苦痛となってゆく。自分で飛んでないとはいえ、それなりに体力を消耗《しょうもう》するのである。

なんども召喚《しょうかん》されるタカイタカイの方も、当然のごとくそれ以上の疲労《ひろう》である。最後の方は、ぜいぜいと息を切らせながら現れ、カネルを二、三度ほど低く投げあげるだけで、そそくさと帰ってゆく。

「疲《つか》れてるなら……、もう来るなって……。なんで……、そうしつこいんだよ？」

あえぎながらカネルがたずねると、タカイタカイは触手で小さな頭を掻《か》きながら答えた。

「いやー、それほどでもー」

「褒《ほ》めてないよ！」

ついに、試す召喚円の種類がつきた。それは、米子に力を貸す守護神が居ないことが実証されたことにもなる。

（そうだよ……。私に守護神がいたなら、あの時、父さんは水鬼に食われなかったはず）

うなだれる米子に、五郎八はやさしく言った。

「まだまだ方法はありますよ。じゃあ次は、カネルさんの召喚円を試してみましょう」

「えっ？　どういうことですかそれ！」

カネルが目をむく。

「魔法円《まほうえん》は製作者のエレメントを映す鏡。米子さんがダメでも、カネルさんの方に、なにかすごい守護神がついてるかもしれませんよ」

「でも、コメちゃんみたいな能力ないし……。まちがって怖《こわ》いのが来ちゃったりしたら……」

「カネル！」

今にも泣きだしそうな目で米子が詰《つ》めよる。そうなるともう、カネルに選択《せんたく》の余地はない。

米子に教わりながら、いびつな召喚円を描《えが》く。すると――。

「気をつけて！」

接近してくる凄《すさ》まじい妖気を感じた五郎八が、身構えながらマジカルスティックを引き伸ばす。

のんびりとした足どりで、裏山の方から人型の影《かげ》がおりて来た。

下はスリットの入った黒のミニスカート。上はフリルのある白いシャツに黒のジャケット。

高級レストランのウェイトレスを思わせる服装である。

(女性?)

しかし、男子のような短めの金髪《きんぱつ》と凛々《りり》しい顔だちを見ると、女装した少年のような雰囲気《ふんいき》もあり、性別の判断に迷う。

なによりも不可思議なのは、ウェイトレスのような服装をしていながら、背中に大きな、赤い番傘《ばんがさ》を背負っていることだった。

「あっ、さっき話した雨神先輩《せんぱい》の守護神、遊天童子さんですよ」

ステッィクをしまいながら、五郎八がそう説明すると、それを耳にした遊天童子が不満そうに反論する。

「ちがう。俺は丈斗の守護神じゃない。ただの傍観者《ぼうかんしゃ》だ。見てるだけの存在だ」

はいはい、わかってますよ。いつもの照れ隠《かく》しですね。──と言うように、五郎八が微笑《ほほえ》む。

「来たよ! 来ちゃったよコメちゃん! 伝説超人《ちょうじん》アマタケ様の、守護神が召喚できちゃったよ! これって、もしかして百万人力? ど、どうしよう!」

舞《ま》いあがるカネルの横で、米子は急いでページをめくり、指示する。

「えーと、まず挨拶《あいさつ》……、挨拶!」

「いや、はじめまして。中等部二年二組、滸牧兼です! 通称《つうしょう》ハイテンションのび太と申しますです!」

手をあげて叫《さけ》ぶような声でカネルが挨拶すると、召喚円の前で遊天童子は、不満そうに腕組《うでぐ》みをして立ち止まった。

「隣《となり》にいるウサ耳美少女は、三組の狛止米子ちゃんでありますです！　えーとえーと、本日はお日柄《ひがら》もよく、誠《まこと》にどうも、感謝っていうか……、えーと、その……」

しどろもどろになるカネルを睨《にら》みつけ、遊天童子が静かに言った。

「こんなちんけな召喚円で、俺が召喚できたとでも思ってるのか？」

「えっ？　ちがうの？」

「……おまえだな？　丈斗の護符《ごふ》を勝手に作って使ったのは？」

カネルはゴクリと唾《つば》を飲んだ。

（うわっ、やばいよ！　アマタケの護符、偽造《ぎぞう》したのマジ怒《おこ》ってるよ！　もしかして、このまま食われる？）

「えっ、いやその……、なんか……。ご、ごめんなさい！」

「出せ」

「は、はい！」

カネルは急いで、アマタケの護符を描いた生徒手帳を遊天童子に差しだした。

遊天童子はページをめくると、カネルの描いたアマタケの贋《にせ》護符を生徒手帳ごと細かく引き裂《さ》き、紙吹雪《かみふぶき》のようにあたりに散らす。

「うわっ！　なにも生徒手帳ごと破かなくたって……。あ、しまった！　あややのプレミアムテレカ、入れたままだよ！」

「文句あるのか？」

と、遊天童子に睨まれ、カネルはあわてて答えた。

「いえ、めっそうもございませんです。はい」

「今回はこれで許してやる。だが、今度やったら食うぞ。いいな？」

「はい、わかりました！」

「よし、話はそれだけだ」

背をむけて、遊天童子が立ち去ろうとする。

米子がカネルの服を引いて、小声で言う。

「引き止めて。交渉《こうしょう》！　交渉するの！」

うなずいて、カネルは怒鳴《どな》った。

「ちょっと、待った！」

「なんだ？」

立ち止まり、遊天童子が鋭《するど》い目でふりむく。

「せっかく来たんだから、えーとその……。とにかく、僕たちに力を貸してくれよ！」

米子がページをめくり、カネルに指示する。

「えーと、その……。お供え物だ！　お米とか、お酒とか、そんなの今は持ってないけど……、僕たちに手を貸してくれたら、たくさんあげるから……、ここはひとつ、どうか……」

「飯と酒だと？　今どきそんなもので買収されるような妖怪《ようかい》がいると思うのか？」

「じゃあ、例えば、どんな物なら？」

「そうだな。例えば……」

遊天童子は「おは」と言いかけて、あわてて口を閉《と》ざす。

「おは？　おは、ってなに？」

「お、おまえらに教える必要はない」

「どうして？」

「とにかく、手を貸してやるつもりは、全然ない。だがまあ、理由ぐらいは聞いておこう。俺に力を借りて、なにをするつもりだ？」

「仇討《かたきう》ちだ！　コメちゃんのお父さんが昔、妖魔《ようま》に食われた。それを退治したい」

「……まず、最初にひとつ断っておく。妖魔も精霊《せいれい》も、俺たちにとっては同じ妖怪だ。妖魔という言葉は、人間が勝手に決めた差別用語だ。俺の前では、二度と使うな！」

牙《きば》をむいて怒った遊天童子に驚《おどろ》き、カネルと米子は声もだせずに、大きくなんどもうなずいた。

「わかったのならそれでいい。親が食われた仇だと？　なら、ひとつ聞こう。おまえの家に、子ブタが来たとしよう」

「子ブタですか？」

「そうだ。その子ブタがおまえに、こう言う。肉屋に父親が食われました。その復讐《ふくしゅう》をしたいので、手を貸してください。――とな。おまえはどうする？　子ブタに手を貸して、肉屋を殺しに行くのか？」

「いや、その……。でも、これとそれは……」

「同じだ。おまえが子ブタに手を貸して、肉屋を殺せば、こんどは肉屋の息子《むすこ》が、おまえを殺しに来るようになる。それが復讐の連鎖《れんさ》だ。広がれば、どこぞの国のように、いつまでも戦争するようになる」

「だからって、このまま……」

「忘れろ！　復讐など割にあわないことだ。俺の知ってる奴《やつ》で、殺された妹の仇を討ったため鬼《おに》になった奴がいる。復讐は成功したが、そいつは自分の中の邪悪《じゃあく》な気に毒されて、無用な殺戮《さつりく》をするようになった。その悪気を抜《ぬ》くのに数百年、奴は岩牢《いわろう》に閉じ込められる結果になった。人間として死ねば、十数年で終わった苦痛を、数百年も引きずった。いや、かわいそうなことに今もまだ、奴は苦痛にうめくことがある……。

いずれにしろ、おまえたちに手を貸すような妖怪はいない。そう思え」

背をむけ、遊天童子が歩きだす。

「遊天さん。ごくろう様です。コンペイトウ、食べますか?」

五郎八が引き止め、コンペイトウを差しだす。

「そんなもの……」

「甘い甘い、コンペイトウですよ」

「……。もらっておこう」

遊天童子が引き返して来て、五郎八から数粒《すうつぶ》のコンペイトウを受け取る。

(うわっ、こいつ甘党だよ!)

とカネルは、心の中で突《つ》っ込みを入れた。

遊天童子の姿が見えなくなると、米子はすばやくページを開き、次の召喚円《しょうかんえん》をカネルに描《えが》かせる。

「カネル、これ」

カネルは言われるまま召喚円を描き、エノク語を米子といっしょに唱えた。

だが、もうなにも起こらなかった。

タカイタカイさえも現れない。

「じゃあ次はこれ」

「……コメちゃん、もう無理だよ。妖力が無い僕の召喚円じゃ、タカイタカイさえも呼べてないじゃないか。それに強い妖怪を召喚できたとしても、遊天童子の言うとおり、誰《だれ》も手を貸してくれないよ」

「じゃあどうすればいいの！　どうすれば、水鬼を殺せるの？」

米子が怒鳴《どな》った。父親の復讐をあきらめるなど、今の米子にはまるで考えられないことである。

カネルがうなだれると、米子はその視線を五郎八へむけた。

五郎八は笑顔《えがお》で答えた。

「はい、焦《あせ》らなくてもだいじょうぶですよ。次の方法がありますから」

最初から結果がこうなるのが、わかっていたような口ぶりである。

そして、描き散らかされた召喚円の残骸《ざんがい》を満足そうに見まわし「それに、だいぶ召喚円を描くのも上達しましたよ。そのうちきっと、強い守護神を呼ぶことができるようになると思います」と言う。

召喚円を覚えさせるのが、五郎八の目的だったのかもしれない、とカネルは思った。

米子が、五郎八に迫《せま》る。

「それじゃ、教えてください。会長さんぐらいになると、どのくらいの強い守護神が呼べるようになってるんですか？」

「私ですか？　えーと……、私、召喚円はあまり得意な方じゃなくて……」

言いながら五郎八が、マジカルスティックを地面にむけた。

ざわわ――。

とたんに、あたりの景色が蜃気楼《しんきろう》のように揺《ゆ》れた。

カネルが顔をあげると、いつのまにか妖怪《ようかい》、物の怪《もののけ》、魑魅魍魎《ちみもうりょう》の群れが、ぐるりと取り囲んでいた。その数は千に近い。まるで、妖怪を観客にした小さなコロシアムの中央に、三人が立たされているような光景である。

「呼んだか？」「なんだ？」「どうした？」「なんかあったのか？」「五郎八は無事か？」

五郎八があわてて、マジカルスティックを地面から離《はな》して言った。

「召喚円、まだ描《か》いてません！　呼んでないのに来ないでください！」

「でも、これから呼ぶんだろ？」「ほら、呼ぶんだ」「なんか呼ばれるような気がしたんだよな」「そうそう、したした」「で、誰、呼ぶの？」「誰？」「俺？」「僕？」

妖怪たちが、わいわいと騒《さわ》がしく五郎八を急《せ》かす。

「もう呼びません！　やめました！　皆《みな》さん、持ち場に早く帰ってください！」

少し怒《おこ》った五郎八が、小さく追儺《ついな》の印を切ると、妖怪たちは、わーっと逃《に》げるようにあたりから去ってゆく。

五郎八は「はーっ」とため息をつき、米子に言った。

「最近ぜんぜん、私、召喚円を使ってないんです。参考にならなくてごめんなさい」

「いや、充分《じゅうぶん》というか、なんて言うか……」

「じゃあ行きましょう」

「どこへですか？」

カネルと米子が声を合わせてたずねると「妖魔術《ようまじゅつ》クラブの秘密の保管庫です」と五郎八は答えた。

「メラ星で造られた対妖魔用のすごい秘密兵器やアイテムが、いっぱいあるんですよ」

背後で誰かが笑った。

「無駄《むだ》です。タカイタカイしか召喚できないようなあなたなんか、どんなアイテムをもらったところで、絶対、ぜんぜん満足に使えない！　ですわよ。あたしの方が、ずっとずっと、うまく使えますのに……」

ロロミの声だった。多くの妖怪に交じって、いつのまにか三人の背後に来ていたのだ。

その横には、学生帽《がくせいぼう》を深く被《かぶ》ったシリルの姿もある。シリルはさらに顔を隠《かく》すように、白い手袋《てぶくろ》をした指先で学生帽のつばをなでながら言葉を吐《は》く。

「よしましょうロロミさん。いずれはっきりとわかることです。米子さんにどれほどの能力があるのか、ないのか……。その時、僕たちの方が上なら、クラブも僕たちを認めるしかないわけですから」

「父親の仇《かたき》？　せいぜい頑張《がんば》るといいですわ。でも、下手に動いて妖魔に食われても、知らないですわよ、米子さん」

薄笑《うすわら》いを浮《う》かべてそう言ったロロミを、米子が睨《にら》みつける。

「なんだと！」と、米子の代わりに怒鳴ったのは、カネルだった。「言いたいこと言いやがって！　いや、まあ……。助けてくれたことは感謝しているけど……。それとこれは別だぞ。コメちゃんを妖魔に食わせるようなことは、絶対にこの僕がさせない！　それにだいたいなんだって、フェレット鬼のシロをいじめたりしてるんだよ！」

言っている間に、シリルとロロミは背をむけて歩きだしている。

「おい待てよ！　サクッとスルーかよ！　聞く耳もたないってわけだな。確かに僕は、金魚のフンかもしれないけど、その態度はだいぶものすごくムカつくぞ。どう思うよコメちゃん？」

と、ふり返ったが、米子と五郎八の姿も、すでにそこに無かった。いつのまにかふたりも、カネルを残してクラブ校舎へと歩きだしている。

「――って、こっちもかよ！」

4

夕暮れが迫《せま》っていた。明かりの無い地下校舎はすでに闇《やみ》の中である。

カネルと米子は五郎八に連れられ、地下校舎の地下二階へと降りた。そして、そこから横へ延びた不可思議な通路へと入る。

巨大《きょだい》なゴムホースの内側を思わせる通路だ。ゆるやかにうねりながら、五百メートルほど奥へと延びている。なぜこんな通路がここに存在するのか、カネルたちにはまったく理解できない。

「この通路は……」

とカネルがたずねかけると、通路の奥から懐中《かいちゅう》電灯の光と共にその答えが返って来た。

「ここは宇宙船に入るためのシャトル通路なんだぞ」

桜宮サヤの声である。保管庫の扉《とびら》の前で、五郎八たちが来るのを待っていたらしい。

「霧山先輩《せんぱい》が乗って来た宇宙船をそのまま保管庫として使ってるんです。厳密にはコンテナ部分だけで、動力部分の妖怪さんは帰ってしまったわけなんですけどね」

と五郎八が補足するが、カネルにはいまひとつ理解できない。

入口の扉は、銀行の地下金庫を思わせるような、丸くて分厚い鉄の扉だった。

ウサギルックのサヤが、ついさきほどまで妖魔退治をしていたとは思えないような明るい笑《え》顔《がお》を五郎八たちにむけて言う。

「コメちゃんの魔法円練習はどうだった?」

「はい、米子さんがとても熱心なので、基本はクリアです。でも、私の方が召喚円《しょうかんえん》の見本が作れなくて、恥《はじ》をかいてしまいました」

「ハーちゃんの場合は、呼ばなくても勝手に、カッコイイ守護神が助けに来てくれるからいいんだよ。ハーちゃんが本当に危ない時じゃないと絶対に出て来ない、へそ曲がりな守護神くんだけどね」

とサヤが、大きな鍵《かぎ》をウサギ型のリュックから取りだして言う。

「ほんと困ります。今だって、学園のどこかにいるはずなのに、あれ以来、姿をぜんぜん見せてくれないんですから」

言いながら五郎八も、同じような鍵を取りだした。

そのふたつの鍵を、扉の左右にあるそれぞれの鍵穴に差し込み「いち、にいの、さん」で同時に回す。

駆動音《くどうおん》が響《ひび》き、丸い扉の表面に描《えが》かれた魔法円が光りはじめる。

サヤと五郎八がエノク語を唱えながら鍵を抜《ぬ》くと、丸い扉はエレメントの粒子《りゅうし》へと姿を変え、分解し、内側に吸い込まれて消失した。

そしてなぜか、宇宙船の内部からは、微《かす》かに磯《いそ》のような匂《にお》いがする。

先に入ったサヤが「はいはい、遠慮《えんりょ》なく」とカネルたちをうながす。

カネルは思わず「おじゃまします」と言いながら、宇宙船の中へ足を踏《ふ》み入れる。

そこは、浴槽《よくそう》の無い風呂《ふろ》場《ば》を思わせる縦長の部屋だった。クリーム色をした六角形のタイルが床《ゆか》や壁《かべ》を覆《おお》っている。踏むとゴムのように弾力《だんりょく》のあるタイルだ。

およそ宇宙船の内部には見えない。

サヤと五郎八は足早に歩み、奥にある長方形の扉を開けて次の部屋へ、そのまた次の部屋へ、と進んでゆく。

「とりあえずコメちゃんに渡《わた》せるのは、霧山先輩から預かったブローチと、カートリッジベルトくらいかな？」

「とりあえずそんなとこですねー。あとのはちょっと……、使い方、難しいですから」

ふたりを追いかけて、米子はたずねた。

「その武器で、水鬼を倒《たお》せますか？」

サヤと五郎八は言葉に詰《つ》まり、苦笑《くしょう》する。

三つほど同じような部屋を抜けたところに、両開きの大きな扉が現れた。その扉を開けると、そこが妖魔術《ようまじゅつ》クラブの保管庫だった。

壁や床は他《ほか》の部屋と同じタイル張りだが、広さと天井《てんじょう》の高さがちがう。小さめの体育館を思わせるほどの倉庫である。

その中に、ビニールシートのような物に覆われた様々な道具が無造作に並んでいた。大砲《たいほう》や機銃《きじゅう》のような武器から、車輪のないバイクのような乗り物、首のない巨人《きょじん》の鎧《よろい》らしき物、「危険」と書かれた金属のケース。そのほとんどが過酷《かこく》な戦闘《せんとう》をくり返したことを物語るように、鋭《するど》い掻《か》き傷や、凹《へこ》み、黒い焦《こ》げあとなどが付いている。

「はい、じゃあこれだよ」

サヤが金庫から丸いブローチを取りだす。

魔法円のような星の描かれたブローチで、鈍《にぶ》いエレメントの光を発している。

「使い方は簡単。身に着けるだけ。そうすると、コメちゃんのエレメントの吸収と照射を効率的に増幅《ぞうふく》させることができるんだよ」

言いながらサヤは、蝶《ちょう》ネクタイのようにブローチを米子の喉《のど》もと近くへ留めた。

「霧山先輩が米子さん用に調整したアイテムなんですよ。試《ため》しに、前の壁に向かって、簡単な攻撃《こうげき》魔法を撃《う》ってみてください」

五郎八に言われ、米子は魔法円を宙に描いてみた。

電灯のように眩《まばゆ》い、エレメントの魔法円が浮《う》かぶ。それだけでもう、今までとは比べものにならないほど、強力な魔法円が作られたのはあきらかである。

「ラ！　エウーハ！」

と、壁にむかって撃つ。

エレメントは壁で弾《はじ》け散ったが、その衝撃《しょうげき》は揺《ゆ》れとなって部屋の中を揺らした。コンクリート製の壁なら、まちがいなく穴があいていただろう。

「はい、次はこれだよ。エレメントのカートリッジと、携帯用《けいたい》ベルト」

黒いベルトの周りに、煙草《たばこ》ほどの大きさのケースがぐるりといくつも付いている。ケースのひとつを開けると、散弾銃《さんだんじゅう》の弾《たま》を思わせる赤く細長いエレメントカートリッジが、三本入っていた。

「この使い方も簡単だよ。このカートリッジをふたつに割って空に投げると、中からエレメントが出るから、それをすばやくかき集めて撃つだけ。素《す》で撃つより、五倍から十倍の威力《いりょく》があるよ」

ベルトを腰《こし》に装着した米子が、それを試そうとすると、五郎八があわてて止めた。

「ダメです。ダメです。恒星《こうせい》船の隔壁《かくへき》でも穴があいちゃいます。それから、カートリッジを使う時は必ず、結界を作ってその中で割ってくださいね。でないと逆に、敵にエレメントを横取りされちゃいますよ」

「すごいよコメちゃん！　これなら、カミューレみたいな吸血鬼《きゅうけつき》の十や二十が襲《おそ》って来たって、ぜんぜん平気だね」

カネルがはしゃぐが、米子の表情は暗い。

すがるような目をサヤにむけ、米子は問いかける。

「これで倒せるんですか？　水鬼を？」

「はっきり言って、一発じゃ無理。水鬼は、私とロロミちゃんの同時攻撃《こうげき》を撥《は》ね返して逃《に》げたんだから。でも、連続攻撃なら可能性もありってとこかな」

言いながらサヤは、棚《たな》から二十センチ四方ほどの箱を取りだす。中には緑色のエレメントカートリッジが、三十本ほどならんでいた。

「これは練習用のカートリッジ。見本を見せるから、ちょっと離《はな》れてね」

サヤは左手の指の間にカートリッジを一本ずつ挟《はさ》み、右手にスティックを握《にぎ》る。

「最初の結界は正円だけでいいよ。ブローチの効果で、それなりの強度があるから」

床《ゆか》にスティックの先をむけ、くるりとその場で一回転して正円を描《えが》くと、線の上に薄《うす》い結界のエレメントが立ちあがる。

「カートリッジを片手で割って、スティックで集め、撃つ。もしくは、結界を強化する。これが基本だよ」

左手の指でカートリッジを弾いて割ると、少し大きめの赤いエレメントが十個ほど飛びだした。妖力が低くても見えるように加工されたエレメントである。

サヤはスティックをふるって、エレメントをからめ取ると、前方の壁《かべ》へ放った。ロケット花火のように、シュッ、と飛んで壁で弾ける。

「割って、からめて、撃つ。連続攻撃は、この動作を速くして続けざまに放つんだよ」

サヤがその見本を示す。左手にあった三本のカートリッジをすべて撃つのに、一秒とは掛《か》からなかった。

「はい、やってみて」

ひどく簡単そうに見えた。しかし――。

まず、正円の結界が綺麗《きれい》に作れない。線が少しでもずれると、そこに隙間《すきま》ができてしまうのだ。慣れない米子は、ゆっくりと身体《からだ》を回して、描かなくてはならない。

次に、カートリッジを片手だけで割ることが難しい。膝《ひざ》で叩《たた》くようにしてどうにか割ると、今度は飛びだしたエレメントの粒《つぶ》をうまくまとめることができなかった。ゴムボールのように、結界の内側で飛び跳ねてしまうのである。

最初の一発を撃つのに、米子は二分近い時間を要した。

うなだれる米子に、

「最初は誰《だれ》でもこんなもん」

「そうです。練習して、速くすればいいんです」

とサヤたちが励《はげ》ますが、今の状態では、実戦に使えないのが誰の目にもあきらかである。

「会長！」カネルが手をあげて、声をはりあげた。

「僕にもなんかアイテムください！　ものすごく強力な最終兵器みたいなのをお願いします。マシンガンみたいに、ババッバババッとエレメントを連射できるようなのを」

サヤと五郎八が、無言でカネルを見つめる。

「うわっ。やめてください。なんかその奇妙《きみよう》な生き物を見るような目は。調子のいいことを言ってるのは、僕だってわかってますよ。でも僕だって、クラブの一員なわけだし……。いやまあ、確かに無能力の金魚のフンかもしれません。でも、でもですよ！　一寸《すん》の虫にも五分《ぶ》の魂《たましい》って言うじゃないですか！」

両手を差しだしたカネルを、サヤがふふんと鼻で笑い、横目で言う。

「おやー、カネルくんはまだ、入会申請書《しんせいしょ》にサインしてなかったと思うけどなー」

うっ、とカネルが詰《つ》まると、五郎八が言葉を添《そ》えてくれた。

「サヤ先輩《せんぱい》、あれはあくまでも形だけの手続きですよ。カネルさんにも、なにかアイテムを差しあげましょう」

「現会長のハーちゃんがそういうなら……。うーん、でもなー、能力が限りなくゼロに近いカネっちに使えるような物なんて……」

「カネっちですか？　いや、いいです。カネっちでも、トロっちでも、なんでも。とにかくものすごく強力なアイテムください。一発で水鬼をぶちのめせるような……」

カネルはあわてて口を押さえ、米子に目をやった。

米子は少し離れた場所で、魔法円《まほうえん》の練習に励んでいた。少しでも速くエレメントを集め取ろうと、一心にスティックをふるっている。

「はっきり言おう。そんなアイテム、無い……、こともないんだなー、これが！」

と、自慢《じまん》げに言ったサヤの言葉にカネルは驚《おどろ》いた。

「あるんですか？　マジで？」

「えっ、そうなんですか？」

と五郎八まで驚く。

「魔戦機や轟魔弾《ごうまだん》なら水鬼を一撃か二撃で倒《たお》せるけど、コメちゃんどころか、ロロミちゃんやシリル君にも使いこなせない。金魚のフンのカネっちには、赤ん坊《ぼう》にコンピュータを渡《わた》すくらいに意味なし。でもね、最新型の超《ちょう》秘密兵器があるんだなー、これが！」

「どこにですか？」

「こっちこっち」

倉庫の隅《すみ》へとサヤが誘《さそ》い、銀色をした大きな棺桶《かんおけ》のような箱を指さす。

「サヤ先輩、それってもしかして、九堂先輩が持って来た武器じゃないんですか？」

「そうそう、ハーちゃん大正解！」

サヤが「じゃーん！」と箱を開ける。中には黒光りする巨大《きょだい》な大砲《たいほう》のような武器が収まっていた。その横に、角張った黒いこん棒のような物もある。

「九堂先輩専用の百五十ミリ・三三式エレメントガンと、バリチ製の強力コンバームだぞ。どちらも最新型の高性能で、ものすごーく高いんだぞ。九堂先輩が首だけになっちゃってるから、蘇生《そせい》するまで、これらの使用を君たちに許可しよう」

見るからに強力そうなアイテムである。カネルは鼻息を荒《あら》くした。

「で、この威力《いりょく》は？　使い方は？」

「使い方は簡単だぞ。こっちのコンバームは、相手のエレメントを吸収する装置。敵の結界やら、鬼《おに》の頭やらを、ガツンとこれで叩くだけ。すると勝手に敵のエレメントを吸収し、チューブを通して、こっちのエレメントガンに送ってくれる。エレメントが溜《た》まって、横のゲージが赤のラインを越《こ》えたら撃てるぞ。あとは狙《ねら》って横のトリガーを引くだけ。アマタケの一撃に匹《ひっ》敵《てき》する強力な一発で、確実に一撃で水鬼を倒せるだろう。たとえ強力な結界の内側にいても、二発で充分《じゅうぶん》」

「すごーッ!」

カネルは興奮し、エレメントガンを持ちあげようと、手をかけた。

あがらない。重いのである。

「うーん、非力なカネっちにはまだ無理だったかな。そのエレメントガン、本当は戦闘《せんとう》機用ので重さがおよそ百キロ。コンバームの方は百五十キロ近いんだよねー。サイボーグの九堂先輩も、戦闘モードのバカ力全開じゃないと持ちあがらないくらいだからなー」

「なーって、これもぜんぜん使えないじゃないですか! 他《ほか》にないんですか? 他に?」

「じゃあカネっちには、このアイテムだ」

サヤがビニール製の簡易アレイを渡す。

「使い方は簡単。水を入れるだけ」

「——ってこれなんですか? メラ星のアイテムじゃないし、同じやつ百円ショップでも売ってますよ!」

「てーい、ぜいたく言うんじゃない! 退魔の基本は体力だぞ。ありがたく受け取って、体を鍛《きた》えろ！　うりゃ！」

　カネルの額にサヤのウサ耳パンチの連打が炸裂《さくれつ》する。

「痛い！　なんで僕だけこうなんですか？」

　カネルが逃《に》げだすと、地響《じひび》きと共に倉庫が揺《ゆ》れた。

　米子がまた退魔円を壁《かべ》に放ったのか、とカネルがふりむくと、手を止めた米子と視線が合った。米子ではない。

　二度めの衝撃《しょうげき》があたりを揺らす。外からの攻撃《こうげき》である。

「敵？　行くよ、ハーちゃん！」

　サヤが銀色のカバーを払《はら》い除《の》け、車輪の無いバイク型の魔戦機にまたがる。

「ここに居てください。いいですね」

　カネルと米子にそう言って、五郎八もサヤの後ろの後部シートへ飛び乗る。

「水鬼ですか？」

　米子の質問は、宙へ浮《う》きあがった魔戦機のエンジン音に掻《か》き消される。

　天井《てんじょう》のハッチが開き、ふたりを乗せた魔戦機が、その奥へ続いているチューブ路へと吸い込まれるように消えた。

「水鬼だ……。絶対に水鬼……」

　思いつめたようにつぶやいた米子の声が、やけに大きくあたりに響いた。

「今のが妖魔《ようま》かどうかなんて、まだ……」

カネルの言葉に耳を貸さず、米子は腰《こし》のホルダーに練習用ではない本物のエレメントカートリッジを詰《つ》めはじめる。

「ダメだよコメちゃん、会長さんがここに居ろって言ったじゃないか。それに僕たちにはまだ、妖魔を倒《たお》せるような力なんて……」

米子はカネルを睨《にら》みつけて怒鳴《どな》った。

「水鬼が、父さんを殺したんだよ！　私の父さんを……。水鬼は私が倒すの！　私が倒さなきゃいけないの！　母さんのためにも」

カネルは米子から視線をそらした。涙《なみだ》が瞳《ひとみ》に溜まりだしたのを見たからである。

それを散らして、米子が走りだす。

「コメちゃん……」

今のカネルに米子を止める力はない。

（せめてあの、アイテムが使えれば……）

開けたままの箱からのぞいているエレメントガンに目をやるが、すぐに妄想《もうそう》をふり払い、カネルは米子のあとを追って走りだす。

5

ほんの一瞬《いっしゅん》のことだった。

カネルは米子の三歩ほど後ろを走っていたのである。

「待ってくれよコメちゃん！」

声は届かなかった。米子は地下校舎から裏庭へ出る階段をかけあがってゆく。

それが米子を見た最後だった。

ひと吹《ふ》き、強風が左から右へと流れ、カネルは足を止め顔をそむけた。そして顔を戻《もど》した時にはもう、米子の姿はどこにも無かった。

あの時と同じだった。

カネルは階段をかけあがり、急いであたりを見まわす。

夕暮れさえも終わりを告げ、わずかに明るさの残った夜が横たわっていた。その薄明《うすあか》るい闇《やみ》に、丸窓を張りつけたような漆黒《しっこく》の闇が小さく渦《うず》巻《ま》いている。

「コメちゃん！」

カネルが渦へ近づこうとすると、その腕《うで》を後ろから押さえた者がいた。

「よせ！　おまえも引き込まれるぞ」

遊天童子だった。

「じゃあコメちゃんは、あの中なのかよ？」

力なくカネルが問いかけるが、遊天童子はなにも答えない。視線を渦へ戻し、カネルは気づいた。渦が急速に小さくなっている。急がないと、入れなくなってしまう。

カネルは行こうとしたが、遊天童子がその腕を放そうとしない。

「放せ！」

「よせ！　おまえが行っても、ただ奴《やつ》らに食われるだけだ」

「でも！　米子が！　放せー！」

カネルは遊天童子の手を叩《たた》き、強引《ごういん》にふりほどこうとした。しかし遊天童子は微動《びどう》だにしない。まるで、大きな岩に腕を取られているかのようである。

サヤと五郎八を乗せた魔戦機が、エレメンタルを従えて接近する。

「遊天さん、水鬼は？」

五郎八が魔戦機の上から問いかけると、遊天童子は渦を指さした。もはや、腕も入らないほどの大きさになっている。

「米子をさらって、あの中に逃げた」

遊天童子の言葉に、カネルは絶叫《ぜっきょう》した。叫《さけ》びながら、狂《くる》ったように遊天童子の手を殴《なぐ》りつける。

一瞬、眉《まゆ》をひそめてから遊天童子はカネルの手を放した。

カネルは闇の渦に駆《か》けよった。もはや、豆ほどの大きさである。

「米子ー！」

穴の中へむかって叫ぶ。けれどその声を飲《の》み込んで、穴は静かに閉じ切った。

もうなにもない。不可思議な穴があった形跡《けいせき》さえ残っていない。

ただ、米子の使っていたマジカルスティックが下の草むらに落ちていた。

「復讐《ふくしゅう》などあきらめろと忠告したはずだ。なぜ米子をつかまえておかなかった？　これはおまえの落ち度だぞ、カネル」

遊天童子の言葉が後ろから、カネルの胸を刺《さ》した。

「ちがいます。ふたりを置いて出た私の責任です」

五郎八がカネルをかばってそう言うと、サヤが魔戦機を地面におろしながら否定する。

「誰《だれ》のせいでもないよ。ベロルがこんなに本格的に……」

「ちがう！　僕のせいだ！」

カネルは叫んだ。そして保管庫へむかって走りだす。

（あのエレメントガンを使えば！）

カネルは、重さ一〇二キロのエレメントガンを引きずってでも、使うつもりでいた。

しかしそれを撃《う》つには、さらに重い一四七キロのコンバームをふり回してエレメントを溜《た》める必要があるのだ。たとえ撃てるとしても、どこへむかって撃つのか、考えがまるでカネルの頭の中にない。

ただ——、

(急がないとコメちゃんが食われる！　急げ！　急げ！　コメちゃんはまだ生きてる。きっと生きてる！)

カネルは走る。米子を失うのが怖《こわ》くて——。

あの時と同じだった。溺《おぼ》れかけて引き返し、ふりむいた時にはもう、幼い米子の姿は川のどこにも見えなかった。あの時と同じだった。

あの時、米子は戻って来たが、米子の父親は帰らぬ人となったのである。

(今度は、コメちゃんの番かもしれない……)

体がじりじりと焼かれているような、居たたまれない焦《あせ》りに包まれ、カネルは走る。

保管庫をめざして——。

(急げ！　まだ間に合う！　まだ米子は死んでない！)

だが、保管庫へ通じる宇宙船の扉《とびら》は、閉じていた。オートロックである。サヤと五郎八が持っている二本の鍵《かぎ》がなければ、開けることはできない。

「開けろ！」

カネルは狂ったようにドアを叩き、叫んだ。

「コメちゃんが死んじゃう！　開けろバカ！　開けろよ！　開けてくれよー！」

「バカはおまえだ！」

追って来た遊天童子が、首をつかんでカネルをふりむかせ、その頰《ほお》を打った。

「落ち着け！　米子を助けたいなら、落ち着いて状況《じょうきょう》を把握《はあく》しろ。ただ泣き叫ぶだけなら、犬にもできるぞ」

「でも……」

カネルは泣きだした。なにもできない自分が情けなかった。川を見つめてなにもできずに立ちすくんでいたあの幼い時と少しも変わっていない、非力なままの自分が許せなかった。

カネルは泣きながら、遊天童子にすがった。

「コメちゃんを……、助けてくれよ……。お願いだから……」

「そのつもりだ。だが、今の俺たちだけでは勝てない敵が水鬼の背後にいる」

「じゃあ、どうにもならないのかよ！」

「遊天さん」

駐車場《ちゆうしやじよう》のある上の階から、遊天童子を呼ぶ五郎八の声がした。遊天童子はカネルの問いに答えず、上へと急ぐ。

カネルも涙《なみだ》を拭《ぬぐ》って、そのあとを追った。

上の階ではサヤと、九堂の首が眠《ねむ》るボストンバッグを持った五郎八が待っていた。

五郎八はすぐに、床《ゆか》の上でバッグのファスナーを開け、九堂の頭の後ろにある小さなスイッチを押す。

「うっ」と小さくうめき、九堂がゆっくりと目を開けた。サヤと五郎八の顔を交互《こうご》に見てから、不機嫌《ふきげん》そうな声で言う。

「なにが起こったのか、まず、状況説明を」

サヤたちの表情を見て、悪い状況にあることを九堂は察したのである。

「はい。逃《に》げていた三匹《びき》の妖魔《ようま》が動きました。一匹は仕留めましたが、手負いの二匹に、逃げられてしまいました。空間移動孔《ジャムン》です」

「ベロル……。やはり動きだしたのですね」

「結界の内側にジャムンの道を開けることが、妖魔たちの狙《ねら》いだったようです」

「ベロルが協定を破って、ジャムンを使ったということは、それなりの勝算と覚悟《かくご》があってのことでしょう」

遊天童子がふたりの間に割りこんで、九堂に告げる。

「穴の奥にベロルらしき影《かげ》を見た。俺より上手の妖気を持った半妖怪《ようかい》がひとりと、人間らしいのがふたりだ」

「ジャムンの行き先を調べ、そこへまず轟魔《ごうま》弾《だん》を撃ち込み……」

九堂は言葉を切り、ため息をこぼした。そんな基本的な攻撃《こうげき》方法を、ふたりが忘れているはずがない。それができない理由が別にあるのだと、九堂は気づく。

「捕《とら》われたのは……、ここに居ない米子さんのようですね？」

「すみません」

「済んだことです。今は打開策を講ずるのが先決。遊天さんにまずお聞きしましょう。こちらの今の戦力をかき集めて、米子さん奪還《だっかん》に乗りだした場合、その勝算は？」

「あいつらはメラ製の特殊《とくしゅ》な武器を使う。計算は難しいが、おそらく五分五分だ」

「では、この案は却下《きゃっか》しましょう。ベロルが新たな兵器を持たずに、ここへ攻撃を仕掛《しか》けて来るとは思えません。こちらが殲滅《せんめつ》されてしまう可能性が高いと見ました」

「じゃあやっぱり、ここは一発、あいつを起こすしかないってことかなー」

サヤがどこか嬉《うれ》しそうに言う。

「その案を含《ふく》めて、わたくしたちに残された手段はふたつです。まずひとつ。米子さんを見殺しにして、メラ星の援軍《えんぐん》を待つ……」

「そんなのダメだ！」

カネルが怒鳴《どな》り九堂へ駆《か》けよると、遊天童子が押さえる。

「静かにしろ！　まだ結論は出ていない」

「もうひとつは、地下で治療《ちりょう》中の雨神さんを覚醒《かくせい》させる」

「え⁉」

カネルが声を張りあげると、サヤが唇《くちびる》の前で指を立てて言った。

「しっ！　これは、ロロミちゃんたちや、他《ほか》の妖怪さんたちにも教えてない秘密だぞ」

カネルは声をひそめ、たずねた。

「それじゃあ、アマタケ様は死んでなかったんですか？」

声をひそめた九堂がその質問に答える。

「酷《ひど》い状態で生死をさまよったのは事実です。重傷の雨神さんが生きていると知れれば、ベロルの攻撃を受けるのは確実。そこで死んだと嘘《うそ》の情報を流し、ここの地下で治療を受けることになったのです」

伝説の英雄《えいゆう》、アマタケ様が力を貸してくれれば、確実に米子を助けることができる。カネルは目の前が、急に明るくなるのを感じた。

けれど五郎八は首を縦にふらない。

「でもまだ、雨神先輩《せんぱい》の治療は完全じゃありません。今ここで、無理をすれば……」

「そうだ。今回の一件が解決しても、丈斗の生存が知れれば、次は確実に狙って来るぞ」

と遊天童子も難色を示す。

「では皆《みな》さんは、米子さんを見殺しにすることに賛成なのですか？」

九堂の問いに、誰《だれ》も言葉を発しない。

「だいじょぶだいじょぶ。アマタケはそんなやわじゃないよ。それにさー……」

サヤの言葉を遮《さえぎ》って、九堂が言う。

「やめましょう。答えは最初から出ています。時間の無駄《むだ》です。メンバーの一員である米子さんを見捨てたりしたなら、雨神さんは、わたくしたちを絶対に許さないでしょう」

「よし、そうと決まれば、とにかくアマタケ召喚《しょうかん》だ！」

サヤがはしゃぎながら、背中のウサギ型リュックから、ウサギ型の携帯《けいたい》電話を取りだす。家庭用のコードレス電話を思わせるほど大きな機種である。

カネルには一瞬《いっしゅん》、サヤがなにを取りだしたのかわからなかったほどだった。

サヤが鼻歌をうたいながら、横のポッチを押す。ウサギの顔が縦に割れ、表示部分とボタンが現れる。

「なんなんですかあれ？　アマタケ様、直通の特殊電話機なんですか？」

カネルの問いに、

「いえ、ちがいます」

「ただのウサバカ電話だ」

「厳密にはＰＨＳ。もはや製造したメーカーも残っていません」

と三人があきれた口調で答える。

電話が繋《つな》がったらしく、サヤが声を張りあげた。

「起きろアマタケ！　朝だぞ！　おーい！　聞いてるのか？　コラー、アマタケ起きろ！」

英雄に対する起こし方とはとても思えない。

「サヤさん、ただ怒鳴ったところで、治療途中《とちゅう》の雨神さんを起こすことはできませんよ。雨神さんの意識は通常の睡眠《すいみん》よりもはるかに深い、冬眠に近い状態なのですから」

「サヤ先輩、雨神先輩の反応はどうなんでしょうか？」

「あー、とか、うー、とか聞こえるんだけど、全然、起きる気配なし。おーい、かわいい新入部員の一大事なんだぞー、起きろ！　食われるぞ！　おーい！」

『誰が……』

微《かす》かに丈斗の声が聞こえた。

「コメちゃんだよ！　狛止米子！　新入部員だぞ！」

『知らな……。ぐー……』

「寝《ね》るな！　コラー、アマタケ！　それでも男か！　起きろ！」

「もしもし、あのー、行って水をかけたり、叩《たた》いたりするとかすれば……」

カネルがそう言うと、九堂が大きくため息をついた。

「不可能です。幾重《いくえ》もの扉《とびら》と結界に覆《おお》われて、外からは誰も今の雨神さんに近づける者はいないのです。雨神さん自身に、内側から鍵《かぎ》を開けて、出て来てもらうしかないのです。カプセルベッドの枕許《まくらもと》にあるマイクとスピーカーだけが、雨神さんとコンタクトを取る唯一《ゆいいつ》の方法。サヤさん、インパクトのある言葉で、雨神さんを覚醒させるのです。簡単に嘘だとわかるような言葉ではダメですよ」

サヤは少し首をひねって考えてから、

「了解《りょうかい》！」

と自信たっぷりに答え、悪代官のような嫌《いや》らしい笑《え》みを浮《う》かべた。

そしてまず、大きく深呼吸。それから声の調子を落とし、丈斗に告げる。

「ふふーん、そーなんだ。いつまでも、そうやって寝てるんだねー。いいよ別に。アマタケくんがそのつもりなら。こっちにだって考えがあるんだから。ほらほら、この前の宴会《えんかい》で酔《よ》って暴れた時、実はこっそり写真、撮《と》ってあったんだよねー。これ、インターネットで全世界に配信しちゃおうかなー。水の入ったヤカンを持ちあげてたり、皿をブンブン回したり……。そうそう、得意げにバナナ切ってるのもあるぞー。これ見たらたぶん、ナツメちゃんも泣いて喜ぶだろうなー」

サヤがすばやく、携帯を九堂にむける。

「まあサヤさん！　いつのまにそんな汚《けが》らわしい写真を！」

迫真《はくしん》の演技で九堂が声を張りあげると、サヤは五郎八に携帯をむけながら、そのお尻《しり》をつねった。

「きゃっ！」

と、これまた絶妙《ぜつみょう》なタイミングで五郎八の声が響《ひび》く。

すると――。

バン！

下の階へ通じる両開きのドアがふいに開かれた。

シマ柄《がら》のトランクス一枚だけの若い男が、もうろうとした顔で立っている。雨神丈斗である。

(うわっ、早！)

と、全員が言葉を失う。

「サヤ……、テメー……、しゃしん……」

ゾンビのごとく両手を前に突《つ》きだし、ふらふらと丈斗が歩みよって来る。

脳の壊《こわ》れた変質者のような鬼気《きき》せまるその姿に、サヤはあわてて両手をふった。

「嘘《うそ》、嘘！　無い無い。写真なんて無いよ！」

「な……い……」

ネジの切れた玩具《おもちゃ》のように、言葉を吐《は》きながら、丈斗がゆっくりと前のめりに倒《たお》れてゆく。

「雨神先輩《せんぱい》！」

急いで五郎八が抱《だ》き止めるが、丈斗は五郎八の胸に顔をうずめ「ぐうー」と、すでに眠《ねむ》っている。

カネルは伝説の英雄《えいゆう》という言葉と、目の前の現実の落差に驚《おどろ》き、頭を抱《かか》えた。

（だいじょうぶなのかよー、この人？　こんなんで本当に、コメちゃんを助けられるのかよー！）

6

「くそっ！　なにが簡単な仕事だ……。こんなことなら……。どう思う？　俺たちはやはり、あいつらに騙《だま》されたのか？」

怒鳴《どな》り声に驚き、米子は目を覚ました。硬《かた》く冷たいコンクリートの床《ゆか》の上である。局部麻酔《ますい》をされたように、首から下が動かない。

そっと顔をあげると、エレメントの粒子《りゅうし》が、紐《ひも》のように幾筋も身体《からだ》に巻きついているのが米子には見えた。金縛《かなしば》りである。

高い天窓のむこうに見える銀色の大きな月が、あたりを薄《うす》ぼんやりと照らしている。格納庫のような場所だった。置き去りにされた錆《さ》びた機械が、壁際《かべぎわ》に並んでいる。どこかで、水の流れる音がする。米子は、近くに小川があるのかと思った。

「今さらなにを言う。リスクのないうまい話などない。話がうまければうまいほど、リスクもデカイ……」

水鬼の声である。

米子は声のする方角へ顔をむけた。十メートルほど先に、捨てられた大きな配管ダクトのような物がある。それが水鬼だった。

サヤたちの攻撃《こうげき》を受けたため、透明《とうめい》だった身体が、体液の汚《よご》れと焦《こ》げで灰色の絵の具を被《かぶ》ったように変色している。

水鬼の少し先に、壁を背にして座っている鬼《おに》らしき姿があった。カネルを食おうとした双頭《そうとう》の鬼である。しかし今は、首がひとつだ。

右側の頭が、根元から斬《き》り落とされて無い。左の頭も、額に大きな裂《さ》け目ができている。その残された頭が、声を発した。

「俺たちはただ、もう少し強くなりたかっただけだ。地球もメラ星も関係ない。もう少し強くなって、俺たちを認めてくれる場所で、生きたかっただけだ……。その望みが……、命を引き換《か》えにするほど、大それた望みだったというのか？」

「もう少し――。それが厄介《やっかい》だ。おまえたちは充分《じゆうぶん》に強く、そして崇《あが》められてもいたはずだ。だがそれに満足できず、もう少し、もう少しと上を望み、危険な仕事に手をだした。その結果だ。あきらめろ」

「なるほど……。そうかもしれん……。ではあきらめるとしよう。相棒も、先に行ったのだから……。もはやもう……」

「それがいい」

水の流れる音がひときわ大きくなり、また静まってゆく。

「水鬼、おまえはなぜだ？　なぜベロルに手を貸した。俺たちのように、力と地位を欲《ほっ》したからではないのか？」

「退屈《たいくつ》だったからだ。なにかおもしろそうなことが、できそうな気がしたからだ」

「死ぬことになっても……？」

「死ぬ……。退屈な俺には、それもおもしろそうな催《もよお》しごとのひとつだ」

水鬼が頭をあげた。二本あったツノの両方が折れており、六つあった目が、たったひとつを残してすべて潰《つぶ》れている。

「そろそろのはずだが……。奴《やつ》ら、時間もろくに守れんらしいな……」

月の明かりが、水鬼の身体の内側を音をあげて流れてゆく液体の影《かげ》を見せた。

「それにしても、奴らの最終目的が少しも見えて来ないのが解《げ》せぬ。どう思う？」

うなだれたまま、鬼はなにも答えようとしない。

「……死んだか……」

鬼の身体から、妖気《ようき》が抜《ぬ》けてゆくのが米子にもわかった。同時に、金縛りの一部が解けてゆく。

米子を捕《と》らえている金縛りのエレメントが、双頭の鬼と水鬼から出ていることを知った。

やがて、双頭の鬼の金縛りが完全に解けたが、身を揺《ゆ》するのがやっとである。起きることはもとより、腰《こし》のエレメントカートリッジに手をやることもできない。

「目覚めたか米子」

米子の動きに気づき、水鬼が床を這《は》いながら近づいてくる。もはや満足に宙を泳ぐことさえ、できないらしい。

「おまえなんか、殺してやる！」

身を揺すりながら、米子が怒《いか》りを吐きだすと、水鬼が小さく笑った。

「どうやら俺を恨《うら》んでいるらしいな。おまえの父親を俺が食ったからか？　だが、俺に食われることを望んだのは、おまえの父親だぞ」

「嘘《うそ》！」

「信じられなければ信じなくてもいい。だが、退屈しのぎに教えておいてやろう。俺が、おまえの父親を食った経緯《いきさつ》を……」

「そんなの、聞きたくない！」

けれど今の米子には、自分の耳をふさぐこともできない。

「いつのことだったか、もはやよく思いだせないほど遠い昔のことだ。あの川で、ひとりの商人を溺《おぼ》れさせて食おうとしたことがあった。そいつは俺にこう言ったんだ。もうすぐ娘《むすめ》が生まれるから、その子が大きくなるまで、食わないでくれと。その子が二十歳《はたち》になったら、自分から俺のところへ食われに戻《もど》る。必ず戻る。そう俺に誓《ちか》ったのだ。人間の言うことなど、信用できぬが、裏切った時は自分とその娘の両方を食っていいと言うから、俺はその商人を放してやったのだ」

二十余年という時を数えるかのように水鬼は沈黙《ちんもく》し、潰れた目の並ぶ顔を米子へ近づけた。

「思ったとおり、商人は来なかった。それどころか、俺が奴の家へゆくと、法力を使う僧侶《そうりょ》を三人も雇《やと》っていて、俺を退治しようとしやがったのだ。俺は腹を立て、その家にいた全員、残らず食ってやった。最初の五人ほどは丸飲みしたが、さすがに腹がいっぱいで、残り十人ほどは頭だけ齧《かじ》りとってやった」

米子が水鬼を睨《にら》む。そんな話、父さんと関係ない！ そう言いたげに。

「やっと俺の話を聴《き》く気になったか米子？ 俺は、その一件で味をしめたのだ。妖怪《ようかい》の中には、人食いを快《こころよ》く思わない奴も多く、中には人食いをこらしめようとする仙人《せんにん》や法師もいる。だが、俺が人間たちに騙《だま》されたことを話すと、それはしょうがない。そんな人間なら食われてもしょうがない。皆《みな》、そう言って俺を見逃《みのが》してくれるのだ。

それからだ。溺《おぼ》れさせ、約束させて、逃《に》がすようになったのは。まずまちがいなく、人間は俺との約束など守りはしない。俺は遠慮《えんりょ》なくその家の者を、残らず食うことができる。

だが……、直矢はちがっていた。

あの川でおまえの父親、直矢と俺が初めて会った時、あいつはまだ七歳だった。同じ年の女の子といっしょだった。名前はたしか……、麦《むぎ》とか言ったな」

「……母さん？」

「そうらしいな。俺はいつものように、足を引いてその娘を溺れさせた。すると直矢が来て、食わないでくれと頼《たの》んだのだ。だから俺はいつものように、約束させた。自分の子供がこの娘と同じ歳《とし》になった時、その子か、おまえ自身のどちらかを俺に差しだせとな」

「だから、父さんを……？」

「そうだ。あいつはおまえを連れて、俺のところに来たのだ。俺に食われるために。俺は最初、おまえとあいつの両方を食おうとした。だが、あいつはそれを許さなかった。あいつは俺にこう言ったのだ。約束を守れとな。だから俺はおまえを食うことをあきらめて、あいつだけを食った」

水鬼の背後の壁《かべ》で、ふいに黒い煙《けむり》のような塊《かたまり》が渦《うず》を巻きながら現れ、一気に拡大した。

ジャムンである。

漆黒《しっこく》の穴が、直径二メートルほどの円になると、中から宇宙服のような銀色の鎧《よろい》を纏《まと》った鬼が現れた。

左右の眉《まゆ》の上に、一本ずつ短いツノを突《つ》きださせた、緑色の皮膚《ひふ》を持つ鬼である。

あたりを見まわし、嘲笑《あざわら》うように言う。

「残ったのは水鬼、おまえだけか？」

「……そのようだ」

「まあいい。少しもたついたが、すべての支度《したく》が整った。おまえたちの任務は、これで終わりだ。まずは礼を言おう。このジャムンを抜け、軌道《きどう》上の船へ逃げるがいい」

水鬼がゆっくりと首を横にふる。

「もはや、逃げる体力も、気力も失《う》せた。俺はここに残らせてもらう」

「よし、許可しよう」

「この娘はどうするのだ？」

「もはや用済みだ。雨神丈斗の生存も確認《かくにん》できた。その娘は、おまえが食え」

水鬼はゆっくりと首を横にふった。

「それはできない。俺はこの娘の父親と約束した。この娘を食わないことを約束した」

「そいつは妖魔術《ようまじゅつ》クラブのメンバーだ。我々ベロルに敵対する者どもだ。生かしておくわけにはいかない。食え。今すぐ食ってしまえ」

「断る」

怒りのエレメントが、激しく鬼の頭部から飛んだ。しかし、次に出てきた言葉は、怒りを押し殺した静かなものだった。

「おまえは、この私、ザラバザに忠誠を誓ったのではないのか？　水鬼よ、これは命令だ。ザラバザ・ダーダの命令だ」

水鬼は床《ゆか》を這《は》い、ザラバザに近づきながら言った。

「どうしても食えというならば、俺は忠誠を撤回《てっかい》する。俺はこの娘を食いたくない。直矢との約束だ。俺との約束を守った、たったひとりの人間との約束だ。俺は、直矢を食うべきじゃなかった。許してやるべきだった。俺との約束を守ったのだから……。だが、俺は食ってしまった。それからだ。なにもかもが、つまらなくなってしまったのは。その報《むく》いだ。だから、俺はおまえの命令を……」

ザラバザが拳《こぶし》をふりあげ、水鬼の頭を一撃《いちげき》で叩《たた》き潰《つぶ》した。

「私の名はザラバザだ！　ザラバザ様と呼べ！　おろか者！　おろか者！　おろか者！」

狂《くる》ったように怒鳴《どな》りながら、ザラバザはすでに命のない水鬼の身体《からだ》を、粉々に引きちぎってゆく。

水鬼の死によって金縛《かなしば》りの解けた米子は、すばやく立ちあがり、腰《こし》のホルダーからエレメントのカートリッジを引き抜《ぬ》いた。

それを使って攻撃《こうげき》したところで、太刀《たち》打《う》ちできる相手ではない。

米子はスカートをひるがえし、その場でくるりと一回転して、正円の結界を作った。その中でカートリッジを割り、結界強化の魔法円を指で描《えが》く。

自分でも驚《おどろ》くほどスムーズに、強力な結界ドームを作りあげることに米子は成功した。

だがその結界も、ザラバザの攻撃を受ければ、一撃か二撃で破壊《はかい》されてしまうだろう。

すべてのカートリッジを使って結界の補強をくり返してみたところで、一分と保《も》たないにちがいない。それも、特殊《とくしゅ》なメラ製の武器をザラバザが使用しなければの話である。水鬼の身体を細切れにして怒《いか》りを収めたザラバザが、米子へその鋭《するど》い視線をむけた。米子はとっさに召喚円《しょうかんえん》を描いた。幾度《いくど》も練習したため、一番速く描くことのできる魔法円だったからである。

五郎八が言っていたように、本当に危険な時にしか現れない守護神を呼べるような気がした。

復讐《ふくしゅう》のために手を貸す妖怪はいない、と言った遊天童子の言葉も思いだしていた。

(今はちがう。今なら召喚できるかもしれない。私の本当の守護神。来て！　お願い！　私を助けて！)

米子は祈《いの》り、印を切る。

まわりの空気が一気に煮《に》えたぎり、一気に冷えたような、不思議なゆらぎが起こった。

そして——。来た。

金属製のドアを蹴破《けやぶ》って現れたのは、それほど大きくない人影《ひとかげ》だった。

「コメちゃん！」

カネルだった。ハアハアと息を切らせ、米子のもとへ駆《か》けて来る。

なに奴《やつ》？

と、ザラバザが目をむく。

米子の結界の前へ立ちはだかったカネルは、大きく両手を広げ、ザラバザにむかって怒鳴った。

「コメちゃんは絶対、誰《だれ》にも渡《わた》さないぞ！」

「……なんだ、おまえは？」

「中等部二年二組、瀞牧兼だ！」

自信満々に答えたカネルの姿に、ザラバザは困惑《こんわく》し、首をかしげた。どうみても、妖力が皆《かい》無《む》に等しい、人間の小僧《こぞう》にしか見えない。

（怪《あや》しい……。なにかの罠《わな》か？　俺を油断させるための作戦か？）

ザラバザには理解できない。罠でなければ、こんな行動を取れる人間など、存在するはずがない、と――。

（いったい、なにを企《たくら》んでいる？）

警戒したザラバザは、カネルを見据《みす》えたまま、しばらく動けなかった。

やがて、カネルの開けたドアのむこうから、いくつかの凄《すさ》まじい妖気が接近して来ていることにザラバザは気づいた。

まぎれもなく雨神丈斗の妖気である。そして、妖刀を握《にぎ》った遊天童子、妖魔術クラブのサヤと五郎八――。さらにその後ろには、丈斗に加勢する月華や、その他大勢の妖怪たちの気配があった。

距離《きょり》はまだ遠い。この場所を覆《おお》っている特殊な結界の影響《えいきょう》だった。妖力のある者たちの身体にまとわりつき、泥《どろ》の中を走っているように足を鈍《にぶ》らせる特殊な結界である。妖力が皆無に等しい人間のカネルだけが、その影響を受けることなく、米子のもとへ真っ先に駆けつけることができたにすぎない。

「ただのはったりではないか。くだらぬザコめが！」

ザラバザは、おもむろに装甲服《そうこう》の背中に収納されているエレメントガンを引きだし、カネルたちへむけた。

一撃で、カネルの身体を貫《つらぬ》き、同時に結界の中にいる米子を消滅《しょうめつ》させることのできるエレメントガンである。

狙《ねら》いをつけ、引鉄《ひきがね》に指をかけるが、ザラバザはすぐに思い直した。

（ここでこいつらを殺せば、怒り狂った丈斗たちが、強引《ごういん》に俺を追って来るだろう。戦闘《せんとう》になれば、弾《たま》は貴重だ。一発の無駄《むだ》弾《だま》が命取りになる。本部次官たちが力を貸してくれるなら、話はちがうが……）

と、ザラバザはジャムンの奥へ目をやった。こちらの様子を見ているはずなのに、本部次官からはなんの言葉もない。

（まあいい。あわてることはない。今は大天使の力を手に入れることが先決だ。それから軽く、雨神丈斗をひねり潰せばいい）

エレメントガンを背中に戻《もど》し、ザラバザは口許《くちもと》から赤い牙《きば》をのぞかせて笑う。

「小僧、命びろいしたな。次に会う時は、確実に命が無い。そう思え」

身をひるがえしたザラバザは、軽い身のこなしでジャムンの中へ飛び込み、その奥へと走り去った。

漆黒《しっこく》の渦《うず》が一気に収縮し、小さな点となって消える。あとにはなにも残らない。

助かったことを知ったカネルは、膝《ひざ》を落とし、その場へ座りこむ。

米子は結界を解くと、水鬼の残骸《ざんがい》へ走りよった。残っている肉片《にくへん》を踏《ふ》みつけ、父親の恨《うら》みを晴らそうと思ったのである。

けれど米子は、それができなかった。水鬼の言葉を思いだしたからである。

――『俺との約束を守った、たったひとりの人間との約束だ』

踏みつけようとあげた足を、米子はおろすことができなかった。なぜなのか、米子にも自分の感情がわからない。

米子は泣きだした。

悔《くや》しいのか嬉《うれ》しいのか、自分にもわからない。

仇《かたき》の水鬼は殺されてしまった。自分の手で殺すことができなかった悔しさ。

結局、なんの守護神も呼ぶことができなかった、自分への情けなさ。

身勝手な行動が、またもカネルを危険にさらし、クラブのメンバーに迷惑《めいわく》をかけてしまったという、自分への苛立《いらだ》ち。

しかし、そんな自分をも、カネルは命をかけて助けようとしてくれた。そのことへの限りない感謝の気持ち。

まじりあった感情が、涙《なみだ》となって米子から流れ出た。

(ごめんね。ごめんねカネル。ありがとう)

そう言いたかったが、口から出るのは言葉にならない嗚咽《おえつ》だけだった。

「どうしたんだよコメちゃん！　だいじょうぶか？　どっか怪我《けが》したのか？」

カネルが米子の肩《かた》を揺《ゆ》すって怒鳴《どな》る。

米子は泣きながら顔をあげると、ザラバザの消えた空間を睨《にら》んだ。

遅《おく》れて駆《か》けつけて来た遊天童子が、あたりを見まわし、妖刀の刃《は》を鞘《さや》へ戻す。

「ベロルどこ？」

魔戦機の上からサヤが怒鳴ると、その後ろの五郎八が笑顔《えがお》を見せて言った。

「逃《に》げたみたいです。よかった。米子さんもカネルさんも無事ですね」

その後ろから一台、タイプのちがう魔戦機が到着《とうちゃく》する。

「無事でなによりです」

コントロール部分に九堂の首を直結させた魔戦機である。後部シートでは、下着姿の丈斗がうなだれたまま座っていた。

結局、完全に覚醒《かくせい》させることができず、後部シートに丈斗を縛《しば》りつけ、強引に運んで来たの

である。

無事の声を聞いたため、真っ白に燃え尽《つ》きたように、すでに意識がない。

遅れて来た妖怪《ようかい》たちの一団も、米子の生存を確認《かくにん》して喜ぶと同時に、戦闘が回避《かいひ》できたことに安堵《あんど》した。

その妖怪たちを押し退《の》け、後ろからタカイタカイが顔をだす。

「呼んだ？　僕のこと呼んだよね？」

ふたりの無事な姿を見つけたタカイタカイは、いつものように嬉しそうに触手《しょくしゅ》を伸《の》ばしながら、カネルへ近づいてゆく。

# 第四話　鬼神と少女

## 1

　歯車が油を吐《は》きながらカリカリと回り、銀と銅で作られた直径三十センチほどの薄《うす》い円盤《えんばん》をゆっくりと回転させる。円盤は一枚ではない。七十七枚がぴったりと積み重ねられており、それぞれが、それぞれの速さで、それぞれの方向へ回っている。

　上からのぞき見るとわかる。それが、機械仕掛《じか》けの魔法円《まほうえん》であることが。盤の所どころがくり貫《ぬ》かれており、様々なエノク文字が下から現れて消える。とどまっている文字を読みながら、女が言った。

「……ひとつの要素を残し、これで、すべての準備が整いました」

　ゴーグルのような眼鏡《めがね》をかけた色白の若い女だった。細長い指が黒髪《くろかみ》をかきあげて、自動魔法円《オートペンタクル》に触《ふ》れるのを防いでいる。

「マリマよ。そのひとつとはなにか？」

奥の闇《やみ》から、機械で合成された声が問いかける。

「時間です。地球時間で、今よりおよそ五十五分後から八十五分後の間。それが大天使を召喚《しょうかん》できる時間帯です。最適なのは……」

マリマが言葉を切ると、背中から伸びた枝のように細い機械の腕《うで》が八本、自動魔法円を操作しはじめた。

機械の腕は、マリマの背中に直接埋《う》めこまれた金属製の太い脊髄《せきずい》から生えている。

むきだしのその背中を見るたび、ザラバザは嫌悪感《けんおかん》が露骨《ろこつ》に顔にでるのを抑《おさ》え、眉間《みけん》に指をあてた。祖母が召喚に失敗し、蜘蛛型の妖魔に食われるのを幼少の頃《ころ》に目撃《もくげき》してから、どうにも蜘蛛が苦手なのである。

（蜘蛛《くも》女め……）

「最も適しているのは、七十分後の前後五分間だけです」

顔をあげたマリマが、機械の腕を背中に戻《もど》して答える。綺麗《きれい》に畳《たた》まれた八本の腕は、ひとつの薄い箱を背負ったようにしか見えない。

「一刻も早く大天使の力を得たいが……。やはりその、最適な時間を待った方が、よいのであろうな？」

そう機械の声がひとり言のようにつぶやくと、マリマは叱《しか》りつけるような声をあげた。

「当然です。ピョトル元副官」

「しかし……」

細身の肉体を黒いレザーのタイトドレスに包んだマリマが、深いスリットから細く青白い足を突《つ》きだし、ピョトルへと歩む。

歩んだ先の部屋の隅《すみ》にたたずんでいるのは、ザラバザと同じ、鎧《よろい》のような宇宙服を纏《まと》った大男である。ただ、肩から上に巨大《きょだい》な灰色のヘルメットが載《の》っており、顔が見えない。

「これは危険な召喚転生です。哲学者の赤い石《ガウマラピス》や蒼《あお》きゼーラの自動魔法円、そして私の作った数術式《ソフト》がいかに召喚場を安定させていても、最悪の場合は魂《たましい》を盗《と》られるのです」

「わかっている。だが……」

ピョトルは灰色のヘルメットを透明化《とうめいか》させ、内部に浮《う》いている自分の頭部を見せた。

それは腐敗《ふはい》の進んだ、顎《あご》から下が無い老人の頭部だった。骨に土色のわずかばかりの皮膚《ひふ》や髪の毛がまとわりついているだけの残骸《ざんがい》である。大きく開かれた両目は、白濁《はくだく》の膜《まく》に覆《おお》われ、もはやなにも見ていない。それがヘルメット型の液体槽《そう》の中を、漂《ただよ》っている。

ピョトルは、人工細胞《セルブロック》によるサイボーグ化で延命をくり返し、二百年近く生きながらえていた。

だが永遠に生きることはできない。

わずかに残っていたオリジナル細胞が、最終寿命《じゅみょう》を迎《むか》え、細胞の核分裂《かくぶんれつ》が止まったのである。

セルブロックも拒否反応《きよひ》を起こし、肉体が維持《いじ》できない状態にまでなっていた。

「見えるかね？　機械の体を纏って、どうにか動いてはいるが、ワシの本当の肉体は、たったのこれだけなのだよ。それさえ、時を刻むように、細胞が腐《くさ》り、雪のようにハラハラとはがれ落ちている。計算上はあと数十日の命だが、今、すべての細胞が一気に崩《くず》れ落ちても、なんの不思議もない」

「しかし、召喚転生の儀式《ぎしき》は、私に一任されたはず」

「わかっている。わかっているよ。ただ、一分、一秒がワシにとって、恐《おそ》ろしく長い時間であることを、頭に入れておいてほしいのだ」

延命するにはもはや、エレメントの肉体を持つ妖怪《ようかい》となるしかない。ピョトルが選んだのは、大天使と呼ばれる上級の精霊《せいれい》を召喚し、融合《ゆうごう》の末その体を奪《うば》いとることであった。

それによって永遠の命と、雨神丈斗をも超《こ》える妖力を備えることができる。

「おまかせください、ピョトル元副官。最高の召喚転生を、このマリマが実現させます」

「ワシを元副官と呼ぶのは、もうよせ。大天使に転生後は、ベロルの作戦本部長への復帰が約束されているのだからな」

と言ってカリカリと機械の声で笑うピョトルと、自信に満ちた表情のマリマを、ザラバザは嫌悪した。

（もう転生に成功したつもりでいやがる。転生どころか、この星の大天使をうまく召喚できるかどうかもわからないというのに。

——いや、そんなことよりも……）

「ピョトル様、お願いがあります。今、問題なのは妖魔術《ようまじゅつ》クラブの動きにございます」

言いながらザラバザは、ぐいと身を乗りだして片膝《かたひざ》をつき、ことさら卑屈《ひくつ》にふるまった。

「なにがどう問題か？　それは護衛であるおまえの仕事ではないのか？」

「さようでございます。しかしながら、奴《やつ》らはこちらの結界に探《さぐ》りを入れてきました。おそらく、我々の目的にも気づいた頃ではないかと考えられます」

「だから、どうしたのだ？」

「攻《せ》め入って来るのは時間の問題。逆にこちらから行って、時間を稼《かせ》ぎたいと思います」

「よい。許可する」

「では、お持ちの人工精霊《エレメンタル》をお貸しください」

「おまえひとりでは、力が不足なのか？」

皮肉ではなく本気で聞いていることに気づき、ザラバザは怒《いか》りに息を飲んだ。

（この男はバカか？　妖魔術クラブのメンバーの力を知らぬのか？　くわえて雨神丈斗の生存が確認《かくにん》されているのだぞ。俺ひとりで、どう戦えと言うのだ！）

耐《た》えて、ザラバザは頭を垂れた。

「残念ながら、わたくしひとりでは、どうにも……」

「よかろう。いくつ必要なのだ？」

「お手持ちのエレメンタル、すべてお願いします」

「全部だと！」

エレメンタルは自分の身を守るための武器である。それをすべて差しだせということは、丸《まる》裸《はだか》になれと言っているのに等しい。

「はい、すべてお願いします」

怒りにピョトルが息を飲む番だった。

ザラバザはさらに詰《つ》めより、間をおかずにまくしたてる。

「儀式をマリマ技官に一任したように、どうか護衛をこのわたくしに、一任してください。さすれば、結界内に敵をひとりも入れさせないことをお誓《ちか》いします」

「だが、全部は……」

「いくら最強とはいえ、メラ星のエレメンタルです。この星でどれほどの力が発揮できるか、心もとないところがございます。まして敵は、ベロルの予想をはるかに超えて成長した、雨神丈斗です！　油断はできません。念には念を入れ、蟻《あり》をハンマーで叩《たた》き潰《つぶ》す勢いで、挑《いど》む必要があるのです！」

「そうかもしれぬが、三体ほどワシのもとに残しておいても、構わぬのではないのか？」

「大天使転生後のピョトル様には、護衛のエレメンタルなど、まったく不要です。戦闘《せんとう》はわたくしに任せ、どうか召喚転生《しょうかん》に専念してください」

ザラバザの言葉に気をよくしたのか、ピョトルは精気をふりしぼったような大声で答えた。

「よかろう。おまえに一任する。だが幽鬼《ゆうき》型のエレメンタルを、三十三体もあずける以上は、こちらの結界への接近阻止《そし》ではなく、敵の殲滅《せんめつ》を目標とせよ」

「こころえました」

2

「これではっきりしました。ベロルの目的は、大天使の召喚転生です。メラ星の正規軍を待つ時間はありません。ただちに総攻撃《こうげき》をかけ、敵の目論見《もくろみ》を阻止するのです」

テーブルの上に置かれた九堂の首が、きっぱりと言い切った。

ベロルたちの使った空間移動孔《ジャムン》の座標を調査した九堂たちは、紅椿学園の上空およそ三百三十キロの位置に、敵の船が浮《う》かんでいることを知った。妖怪と同じように国のレーダーに映らない宇宙船である。

船から、いくつかの特殊《とくしゅ》な結界や見たことのない大規模な召喚円が地表へむけて照射されていることも確認した。

ジャムンの使用も違法《いほう》であるが、ベロルのこの行動は、先の大戦後にだした宣言を自ら破る行為《こうい》でもある。

ベロムダクロム結社、通称《つうしょう》ベロルは地球侵攻《しんこう》の責任を問われ、こう宣言している。

『一部の首謀者《しゅぼうしゃ》が勝手に先導したことであり、地球侵略はベロルの総意ではない。我々の望みは星天使の信仰《しんこう》である。今後は組織の正常化に全力をつくす』

首謀者とされる数人に責任を押しつけ、組織の解体を逃《のが》れたのだ。無論これはトカゲのしっぽ切りでしかなく、メラ星の人々もこの宣言を信じてはいない。

ベロルは表向き、宗教系政治団体を名乗っているが、その実体は犯罪組織だ。裏では百年も前から、妖魔兵器の密造などで富を築いている。

しかし、それ以上の責任追及《ついきゅう》は法的にも、政治的にも困難だった。『ベロルという名の小国』と言われるほど組織が強大で、結託《けったく》したがる政治家たちが少なくないことが、その大きな理由である。

そのベロルが今回、禁を破ってまた動きだしたのだ。

妖魔術クラブは、大使館を通じてメラ星の霧山遊子へ緊急《きんきゅう》通信をおこない、正規軍の出動を要請《ようせい》した。

しかし、霧山から返って来たメールはこうである。

『みんな元気してる？　ちょっとばかし、ヤバイかも。とりあえず、ベロルからの正式発表を添付《てんぷ》するね』

――謀反者《むほん》、三名が当結社の物資を略奪《りゃくだつ》し、地球への逃亡《とうぼう》を謀《はか》った。これを報告すると共に、こちらの物資管理に不備があったことを陳謝《ちんしゃ》する。――

続いて三名の名前と所属、略奪されたエレメンタルや武器の性能と数が記載《きさい》されていた。

『ベロルはあくまでも、謀反者の勝手な行動で片づけるつもりらしいけどさー、こっちが情報を得ると同時に、こんなデータ、出してくるんだから、もーマジでムカつくよ。

で、三人を解説するよ。中心人物のピョトルは、ベロルの元副官で、サイボーグ化による延命措置《そち》の期限が切れかけてる奴《やつ》。半年前の大戦では、引退して無関係とされてるけど、あきらかに裏で糸を引いてるよ、コイツは。

ザラバザはバリバリの戦闘要員。ピョトルの護衛だね。コイツの得意技《わざ》とか戦法とか、わかる限り調べたからファイル見といて。

技官のマリマは、ベロルの正式メンバーじゃないけど、ひと月前に「地球の大天使召喚にも有効な召喚式を発見した」って宣言した奴だよ。すぐに「計算ミスだった」として宣言を撤回《てっかい》したけど、ベロルからのオファーがあって、成功を隠《かく》した可能性大。

これでまあ、敵の目的がなんなのか、賢明《けんめい》な皆《みんな》にはわかったことだと思う。一応、正規軍がそっちへむかったけど、絶対に間に合わないと思うんだよねー。そっちの召喚円のでき具合から言っても。というわけで、諸君の健闘と幸運を祈《いの》る。でも、命、優先で無理をしないこと。

無責任でゴメンの霧山より』

紅椿学園の敷地《しきち》は、丈斗を治療《ちりょう》するため、人工的にエレメンタルの発生を高めた場所である。地球上で一番、効率よく召喚のできる場所と言いかえてもよい。

ピョトルたちはそれを逆手に取り、召喚の準備を短時間で整えることに成功したのである。結果、妖魔術《ようまじゅつ》クラブにはその目的が知れることになった。

だが、正規軍による討伐《とうばつ》は間に合わない。

馬首山《ばとうざん》の事件のあと、高速ワームホールがメラ星と地球をつないだが、それでも十時間はかかってしまう。召喚転生を終えたベロルたちが逃げる《に》には、充分《じゅうぶん》な時間である。

「やるしかないか……」

そうつぶやいた丈斗が、ふらつきながら重い腰《こし》をあげる。

なにもしなければ、召喚転生を終えたピョトルが、丈斗と妖魔術クラブのメンバーを食《く》らうだろう。

普通《ふつう》ならば、丈斗の身を案じた九堂が「わたくしたちだけで戦います」と言うところであるが、それを言いだせないほど状況《じょうきょう》は不利である。

しかし、逃げることを提案する者はいない。

「ベロルの提出したデータは実際の戦力とは一致《いっち》していないはずです。およそ倍と見てもよいでしょう。まず五郎八さんとサヤさんが先頭に立ち、敵への攻撃《こうげき》を開始するのです」

「はい」

と、すでに戦闘《せんとう》準備を整え、プロテクターに身を包んだ五郎八とサヤが声をあげる。

「その後、敵の戦力を見極《みきわ》めてから、雨神さんは妖怪《ようかい》たちと動いてください」

ふらつく丈斗の腕《うで》を押さえて、遊天童子が「わかった」と答える。

「僕とコメちゃんは、なにを？」

意気ごんでカネルが声をあげると、九堂はそっけなく答えた。

「保管庫へ戻《もど》り、絶対にそこから出ないようにするのです。中から出なければ、敵の攻撃を受ける心配は、まずありません」

「でも、なにか手伝えることが……」

言いかけた米子の言葉を、九堂が冷たく遮《さえぎ》る。

「足手まといです」

「しょうがないよコメちゃん」と慰《なぐさ》め、カネルは九堂にたずねた。「それで、いつまで保管庫に居ればいいんですか？」

「わたくしたちがベロルを殲滅《せんめつ》し、戻るまでです。早ければ十分ほどで決着するでしょう。長くても一時間ほどです。五郎八さん、今はなん時ですか？」

部室の壁《かべ》にウサギ型の時計がかけられているが、首だけの九堂には、ふりむいてそれを確認《かくにん》することができない。

「はい、まもなく六時四十五分になります」

言いながら五郎八が、九堂のずれかけた眼鏡《めがね》を直し、その顔をカネルたちへむける。

「八時を過ぎても、誰《だれ》も戻らない場合……、中にあるエレメントカートリッジをすべて使い、保管庫の中に結界を作るのです。幾重《いくえ》にも重ねた強固な結界を作り、中に入るのです。それで、どのくらい敵の攻撃を防げるかわかりませんが、十時間後の正規軍到着《とうちゃく》を待つのです。いいですね？」

それはつまり、召喚《しょうかん》転生した大天使によって、メンバー全員が殺された後のことを意味している。

パソコンの妖魔レーダーが、激しく反応した。ベロルが動きだしたのである。少し遅《おく》れて、全員がその強い妖気を肌《はだ》に感じた。

「どうやら、敵に先手を取られたようですね。行きましょう」


――それが、十五分ほど前のできごとだった。

今、保管庫の隅《すみ》で体育ずわりしたカネルは、ただぼんやりと、米子の姿を目で追っていた。

そうする以外、なにもすることがないのだ。

米子は練習用のエレメントカートリッジを結界の中で割り、すばやくまとめて、撃《う》つ――。

その動作を少しでも速く、正確におこなえるよう、なんどもくり返している。

眩《まばゆ》く光る色とりどりのエレメントと共に、米子の汗《あせ》が飛ぶ。

徐々《じょじょ》に上達してゆくのが、カネルの目にもはっきりとわかった。

（いいぞコメちゃん！　そのうちロロミやシリルなんかよりも、ずっとずっと強くなる）

強くなればなるほど、敵の脅威《きょうい》も薄《うす》れてゆく。米子の安全を望むカネルにとっても、嬉《うれ》しいことではある。

しかし——。

（でも……、もう僕なんかが守らなくても、コメちゃんはひとりで……）

そう思うと、いつもの軽口もでない。自分の不甲斐《ふがい》なさを噛《か》みしめながら、カネルはただじっと、時を待つことしかできない。

（それにしても、腹が減ったなー。あ、今日はカレーの日だった。この前はチキンカレーだったから、ホタテかエビだよなー）

などと、どうでもいいことをふと考えて、また自分が嫌《いや》になる。

（今、先輩《せんぱい》たちが命がけで闘《たたか》ってるのに、なんだってカレーのことなんか考えてんだよー）

ふいに、保管庫のドアに誰かが、外側から鍵《かぎ》を差しこむ音がした。

会長さんたちだ！　カネルも米子もそう思った。

しかし、ドアを開けて中に入って来たのは、シリルとロロミだった。宙を泳ぐ小型の龍《りゅう》もいっしょである。

「なんだ、おまえたちもここに避難《ひなん》するように言われたのかよ？」

カネルがそう言うと、ロロミが絶叫《ぜっきょう》するような大声で怒鳴《どな》った。

「なに言ってんのよ、このボケバカー！　あたしたちはねー、あんたたちを護衛しに来たのよ！」

ロロミのけんまくに驚《おどろ》いた龍が、硬《かた》く身を丸めて「きゅーん」と小さく鳴いた。

「ダメですよロロミさん、またそんな乱暴な言葉を……。霧山様に叱《しか》られますよ」

シリルの言葉に、ロロミはハッと口を押さえてから、気を静めて言いなおした。

「……こんにちは。米子さんカネルさん。あたしたちは、おふたりを護衛するよう九堂先輩《せんぱい》より命じられ、ここへ来たのですわよ。絶対に避難なんかじゃありません。わかりましたですか？」

「そうは言っても、今の僕たちにできることは、このくらいの仕事ということです」

ため息をつきながら、シリルは適当な箱の上に腰《こし》をおろす。長い足を優雅《ゆうが》にくみ、そのまま眠《ねむ》ってしまうかのように帽子《ぼうし》のツバをさげた。

「そんなことない！　……ですわよ。あたしにあのくらいのアイテムがあれば……」

米子の胸元《むなもと》で光るブローチを指さしながら、ロロミが歩みよってゆく。

危険を感じたカネルが、急いで米子の前に立ちはだかった。

「なんだよ！　これはコメちゃんがもらったアイテムだぞ！」

「別に、そんなの！　取らないですわよ。でもいつか、あたし用に調整されたアイテム、手に入れてみせます」

ロロミは前に伸《の》ばしていた手を、横へやり、箱に詰《つ》まっている練習用のエレメントカートリッジをつかんだ。

「練習？　どうです？　少しは上手になったのかしら？　妖魔術《ようまじゅつ》クラブの新入部員さん」

憎《にく》らしそうに言ってから、ロロミは自分の力を誇示《こじ》するように、練習用のエレメントカートリッジをその場で使って見せた。

軽く割って投げ、すばやく指先で集めて前方の的へ撃つ。

サヤほどではないが、動作が米子の数倍は速く、狙《ねら》いも正確である。

さあ、やって見せろ、と言わんばかりに腕《うで》組みをしたロロミが、嘲笑《ちょうしょう》ぎみの視線を米子へむけた。

米子は一瞬《いっしゅん》どうしようかと考えた。やって見せれば、ロロミが笑うのは確実である。

だからと言って、ここで練習を投げだしたくもなかった。今はただ、少しでもうまくなる必要がある。

それが、自分の身とカネルを守るゆいいつの方法なのだ。

米子は神経を集中させながら、エレメントカートリッジを割り、エレメントを集め、撃った。

ロロミは笑う代わりに、大きなため息をついて、吐《は》き捨てるように言った。

「なにそれ……」

嘲笑《あざわら》う価値もない――。というわけである。

「なんだと！」カネルは怒鳴った。「最初は誰《だれ》だって、下手クソであたりまえじゃないかよ！　コメちゃんはな、これからどんどんうまくなるんだぞ！　千里の道もローマからだ！」

ロロミはふたつめのため息を吐《は》く。

「なにそれ……、もしかしてマジバカ？」

3

最初の戦闘《せんとう》場所は、紅椿学園のグラウンドだった。

「前方に敵のエレメンタルを発見。数、三十三。妖魔係数……、不明です」

魔戦機を操縦しながら、五郎八が耳につけた無線機で告げる。

『了解《りょうかい》しました。まずは敵の力を知るのが目的です。くれぐれも深追いしないように。いいですね』

と、すぐに九堂の忠告が返ってきた。

「了解！」

と、五郎八の後ろに座っているサヤが声をあげ、マジカルスティックをふるう。

「ラ！　エウーハ！」

魔戦機の先端《せんたん》から射出されたエレメントの粒子《りゅうし》が、エレメンタルへ変化し、飛ぶ。

まず妹ウサギ二号。その後ろから、妹ウサギ二号β《ベータ》、γ《ガンマ》、δ《デルタ》、が続く。リボンの色と髪形《かみがた》が微妙《びみょう》にちがうだけの四姉妹となる。

さらにその後ろから、丸々と太ったウサギの巨大《きょだい》ヌイグルミのような『ブタウサ98』『2000』『XX・ニンジン背負い、バージョン』の三匹《びき》がゆく。

総勢七体。サヤがひとりで操《あやつ》ることのできる限度いっぱいの数である。

むかう敵は、三十三体の透明《とうめい》な肉体を持つ幽鬼《ゆうき》タイプと呼ばれるエレメンタルだった。

手足が異様に長く、身長二メートルほどの人型をしたエレメンタルである。肉体は白濁《はくだく》の寒天を思わせるように透《す》き通っており、体内には細かい神経のような線が微《かす》かに走っているだけで、なにもない。丸いボールのような頭には、目とも口ともつかない黒い穴がひとつあいているだけだ。

その三十三体の幽鬼たちが、グラウンドの上に樹木のように立ち並んでいる。長い両腕を、身体《からだ》の前でゆっくりと揺《ゆ》らし「こきゅこきゅ」という不思議な音を響《ひび》かせながら——。

幽鬼たちの後方、それを操るザラバザの妖気がはっきりと感じ取れる。

サヤのエレメンタルたちが接近すると、幽鬼たちが、不可思議な動きをはじめた。前後、左右、それぞれが目まぐるしくポジションを変え、進んでいるのか、逃《に》げているのかわからない動きである。

しかし、幽鬼からは攻撃《こうげき》を仕掛《しか》けてはこない。時間が稼《かせ》げれば勝ちであるため、敵は余裕《よゆう》の戦法を見せているのだ。

「行くよハーちゃん！」

「はい、先輩《せんぱい》！」

サヤが攻撃の指令をエレメンタルたちへ伝えた。

攻撃をサポートするため、五郎八はすばやく予備のエレメントを照射できるように構える。

「ラ！　エウーハ！」

まず、四姉妹がゆく。

ラインダンスのように並んで、いっせいに右足をあげ、ピンヒールの踵《かかと》で先頭に立つ幽鬼へ斬《き》りかかる。

サクリ！

幽鬼たちの頭部を深く斬り裂《さ》くが、致命傷《ちめいしょう》ではない。身体を揺らし、間一髪《かんいっぱつ》のところで攻撃をかわしている。

四姉妹が続けて二撃めを加えようとすると、攻撃を受けた幽鬼たちが、するりと後ろへ逃げた。

代わって後ろの幽鬼が前のポジションへ出る。

見る間に、後ろへ逃《のが》れた幽鬼たちの傷が消えてゆく。驚《おどろ》くべき復元能力である。

間を置かずに、連続攻撃を与《あた》えなければ倒《たお》すことが難しい敵であることを、サヤたちは悟《さと》った。

「ハーちゃん、フォーメーション、猫《ねこ》おとしB!」

「了解です!」

本格的な戦闘が開始された。

サヤたちは、幽鬼を一体ずつ群れから離《はな》し、四姉妹の総攻撃で各個撃破する、という戦法にでた。

しかし、そう思うようには行かない。

油断すると、逆に囲まれて幽鬼たちの攻撃を受けてしまう。

幽鬼たちの武器は、頭の黒い穴から発射するエレメントの一撃と、両手両足の先から突《つ》きだされるナイフのような一本爪《づめ》である。

「助けて、おにーちゃん!」

姉妹のひとりが囲まれて攻撃を受けるたびに、ブタウサたちが体当たりで救出にむかう。囲いから連れ戻《もど》された妹ウサギは、魔戦機よりのエレメント照射で治癒《ちゆ》、復活をくり返す。

——十分が経過した。

サヤたちが倒した幽鬼の数はわずか二体だけである。それでいて、エレメントカプセルの半分を防御《ぼうぎょ》と攻撃に消費してしまっていた。『サヤさん五郎八さん、これではらちがあきません。

いったん下がり、あとは雨神さんに任せるのです』

「はい、わかりました。撤退《てったい》します」

ため息まじりに五郎八が答えるが、サヤが異論を唱える。

「ちょい待ちです、九堂先輩！　アマタケ、起きてるか？」

『ああ、起きてるよ』

魔戦機の後方、九堂と共に耳に無線機をつけた丈斗が、遊天童子たち妖怪組《ようかい》を従えて待機している。

「この勝負、幽鬼を操るザラバザを倒せば勝ちだよね？　だったら撤退する前に、もう一回だけチャンスくれ！　そこで、一発、花道でGO作戦！　試《ため》してみようじゃないの？」

そんな名前の作戦は無い。けれど丈斗は、すぐにサヤの意図を読み取った。

『……わかった。ちょっと自信ないが、やってみるか』

「花道の合図は、幸せの鐘《かね》のふたつめで」

『わかった』

サヤたちはフォーメーションを変えて、幽鬼たちの群れへ挑《いど》む。一丸となって、群れの中央突破《とっぱ》を試みるような動きである。

幽鬼たちはそれを阻止《そし》するため、群れを固め、層を厚くした。

午後七時ちょうど、高台にある教会の鐘が鳴った。幸せの鐘と呼ばれており、朝の七時と夜の七時に「かろーん」と気の抜《ぬ》けたような音を二回、鳴らすのである。

ひとつめが鳴り終え、ふたつめが鳴ろうとした瞬間《しゅんかん》——。

サヤたちのエレメンタルがすばやく左右に身を避《よ》けた。

ふたつめの鐘の音と共に、その間を、ひとすじの太い閃光《せんこう》が走り抜ける。

後方から放った丈斗のエレメントである。

一撃は、幽鬼たちの群れを一気に突《つ》き抜け——、
ザラバザの目の前で止まった。

もう少し威力《いりょく》が強ければ、確実にザラバザの胸を貫《つらぬ》いていただろう。

(アマタケのエレメント⁉ くそっ……、ここまで回復していたとは……)

ザラバザは身を震《ふる》わせて、冷や汗《あせ》を拭《ぬぐ》う。

一方、病《や》みあがり最初の一撃を放った丈斗は、首をひねり、ぽつりとつぶやく。

「やっぱりまだ、ぜんぜんダメだな……」

とはいうものの、丈斗の一撃をくらった幽鬼の群れは、七体が完全に再起不能となり、十四体が一時的な機能停止状態となっていた。

幽鬼の群れを通り抜けたエレメントの跡《あと》が、さながら花道のように開いている。そこを、猛《もう》スピードでサヤたちを乗せた魔戦機がすり抜けてゆく。

目指すは、ザラバザただひとり——。

「来たか！　小娘《こむすめ》ども！」

ザラバザは、動ける幽鬼を戻そうとしてやめた。密集させれば、また丈斗の一撃が来る。

背中のエレメントガンを引きだし、ザラバザは魔戦機へむけて放つ。二発――。

「エウーハ！」

声を合わせ、サヤと五郎八が魔戦機の上から一発ずつエレメントを放ち、ザラバザの二発を弾《はじ》く。

あたりに四散したエレメントが煙幕《えんまく》のように、視界を遮《さえぎ》った。

魔戦機はザラバザの次の攻撃《こうげき》を警戒《けいかい》しながら、それを抜ける。

しかしどこにも、ザラバザの姿がない。

ジャムンを使い逃《に》げたのである。

入口の黒い穴は、すぐ横にあった。しだいに閉じてゆく。

ふたりを乗せた魔戦機は、迷わずその中へ飛びこみ、ザラバザを追う。

続いて、五体の幽鬼が穴の中へ消える。

しかし、他《ほか》の幽鬼たちは動かない。

『罠《わな》です！　サヤさん、戻るのです！』

しかし、ジャムンの中、九堂の声は届かなかった。

4

「ひとつ、これだけは米子さんに言っておきますわ」

と、怒《いか》りを押し殺しながらロロミが言う。

「あなたを救出するのに、どれほどの損失になったか、わかってますの？　あたしたちの英雄《えいゆう》であるアマタケ様を、治療途中《ちりようとちゆう》でありながら、あなたひとり、あなたごとき、たったひとりを助けるのに、目覚めさせたのですよ。あたしたちにまで、ずっと秘密にしてたことなのに……」

「そうそう」とシリルが寝《ね》ころんでいるような姿勢のまま、のんびりとした口調で言葉を挟《はさ》む。

「すっかり僕たちも騙《だま》されてしまいましたね。本当に霧山様は人が悪い。でも、アマタケ様が生きていたことは、とてもよろこばしいことじゃありませんか」

「なに呑気《のんき》なことを！　いいですかシリルさん。秘密にしていたのは、ベロルに知られないようにアマタケ様の完全治療を目指したからですよ。それがすべて、この一件で、すべて水のあわ！　もし、これでアマタケ様が死ぬようなことがあれば、あたし、絶対に、絶対に……」

「待てよ！　それじゃ、コメちゃんを見殺しにすればよかったとでも言うのかよ！」

カネルの反論に、ロロミは「ふー」と息を吐《は》き、気を静めてから言葉を返した。

「アマタケ様と、なにもできないお荷物の米子さんの命と、比べものになるわけないじゃないの！　ですわよ」

「確かに、今はそうかもしれないけど。コメちゃんはこれからずっとずっと強くなって、アマタケ様を超《こ》えるような、ものすごい英雄になるかもしれないんだぞ！　横についてる僕は……、確かに金魚のフンかもしれないけど。いや、それは置いといて。コメちゃんの将来のことを、誰《だれ》も否定なんかできないんだ！　だから、見殺しにすればよかったみたいなこと言うな！　な、そうだろコメちゃん？」

カネルがふりむいて同意を求めると、米子は視線をそらし、魔法円《まほうえん》の練習を再開する。

「はーっ！」と、怒鳴《どな》るようにロロミが大きなため息をつき、イライラと歩き回る。

シリルが身を起こし、手の中でカードを操《あやつ》りはじめた。

「気持ちはわかりますよロロミさん。先輩《せんぱい》やアマタケ様が戦っているというのに、僕たちはなにもできず、ここでじっとしているだけ。でも、今は時を待ちましょう。おっと、そうだ。ひとつ暇《ひま》つぶしに推理でもしてみませんか？」

「推理って？　なんですの？」

シリルは死神のカードを一枚、抜《ぬ》いてかざした。

「この学園の結界の中へ、ベロルに買われた妖魔《ようま》たちが侵入《しんにゅう》してきた。その手引きをした妖怪《ようかい》が内部にいる。これは確実です。でもそれが誰なのか、まだわかっていない」

「ヒントは、クラブ校舎の裏庭で見つけた妖魔の形跡《けいせき》ですね」

「そう、それです。クラブの調査では、同じエレメントを持つ妖怪が、この結界の中にはいなかった」

死神のカードを戻《もど》し、軽くシャッフルして、扇《おうぎ》のように広げて見せる。死神のカードがどこにもない。

「どこかに消えてしまったというわけです。もしくはもともと、そんな妖魔はいなかったのかもしれません」

「そうですわね。妖怪ではなく人間だったという可能性もありますわ。妖力の弱い人間なら、他の生徒たちと同じように結界の中に入るのも出るのも自由。ですから……、その可能性があるとすれば……」

言葉を切り、ロロミが疑《うたぐ》り深い視線をカネルへむけた。

「僕なのかよ！　なんでだよ！」

「なるほど、犯人はいつも、犯人らしくない人物というわけですね？」

とシリルも納得《なっとく》したように大きくうなずき、ポケットから消えていた死神のカードを取りだす。

「どうして僕が、コメちゃんが危険になるようなこと、するんだよ？　だいたい僕たちだって、霧山さんが入部を許可したんだぞ！」

「では聞きます。あなたたちは直接、霧山様に会ったことがあるのですか？」

「いや、それはないけど……」

「ほらみなさい！」

勝ち誇《ほこ》ったようにロロミが声をあげる。

「なにがほらだよ！　おまえらの言ってることこそ、ホラじゃないかよ。でたらめの大ボラだ！」

「じゃあ、証拠《しょうこ》を見せなさいよ！」

「証拠ってなんだよ？」

シリルが箱の上から飛び降りて、身を整えながら言う。

「もしカネルくんが犯人なら、裏庭に残された妖魔の気配はカモフラージュ。つまりカプセルのような物に妖魔のエレメントを詰《つ》めて割ったことになる。だとすれば、残り香《が》のように、体のどこかにまだエレメントの粒《つぶ》が付着していることになる」

「そうそう、九堂先輩が言ってましたわ。この一件が片づいたら、エレメント探知機を使って、全員の体を調べるって」

「エレメント探知機？」

カネルの問いに、シリルが壁《かべ》の方を指さして答えた。

「そこにあるノートパソコンのような機械ですよ。使い方、僕もそう詳《くわ》しくはないけれど、棚《たな》のマニュアルを読めばなんとかなるでしょう」

「よしわかった。そんなに疑うなら、好きなだけ調べればいいさ」

「そう。じゃあ服を脱《ぬ》いで、パンツも靴下《くつした》も全部よ。ついでに米子さんにもお願いしたいわ」

「なにーっ！　んなことできるかー！」

カネルが顔を赤くして、米子を守るように両手を広げる。

「なによ！　抵抗《ていこう》する気なわけですの？　シャオルン、ふたりの服を引き裂《さ》いてしまいなさい！」

ふいに命じられたことを知り、部屋の隅《すみ》で丸くなって寝《ね》ていた小龍《しょうりゅう》が、目を丸くして跳《と》び起きた。大きなあくびをひとつこぼし、あたりを見まわす。

「シャオルン、ほら早く！」

ふたりを指さしてロロミが怒鳴ると、シャオルンと呼ばれた龍が、ナイフのような爪《つめ》を鳴らしながら宙を泳いで近づいて来る。

米子は腰《こし》のケースから本物のエレメントカートリッジを取りだし、カネルの前へでた。

「下がっててカネル」

その気迫《きはく》に怖《お》じ気《け》づいたらしく、シャオルンは「きゅきゅーん」と鳴きながら、ロロミの背後へ隠《かく》れてしまう。

「うわっ、けっこう弱いぞあの龍！」

「なによ！　あたりまえじゃないの。この子はね、使い魔じゃなくて、あたしのペットなんだから」

「ただのペットかよ！」

「とにかく、歯むかうなら、あたしだって容赦《ようしゃ》しないんだから！」

ロロミが魔法円を宙に描《えが》きはじめる。

「ダメですよロロミさん。僕たちの任務はふたりの護衛。力ずくはよくありませんよ」

「だって！」

言いかけたロロミの言葉を、電子音が遮《さえぎ》った。電話の呼びだし音である。どこかで鳴りだしている。

なにかが起こった警告音のようにも思え、四人と一匹《ぴき》は息を飲んで、顔を見合わせた。

5

「サヤ先輩《せんぱい》、ここ、どこでしょうか？」

そこは芝生《しばふ》に覆《おお》われた、人気のない公園の広場を思わせるような場所だった。まわりを木々が囲んでいる。

ジャムンを抜《ぬ》けたその場所で、ふたりは追って来た五体の幽鬼《ゆうき》と戦闘《せんとう》になったのである。

どうにかその五体を殲滅《せんめつ》し、ふたりは気づいた。ザラバザの姿も、抜けてきたジャムンも、綺麗《きれい》に無くなっていることに――。

「あちゃー！　やられただピョン！」

サヤは怒鳴《どな》り、ウサギの腕《うで》時計に目をやってから、雲ひとつ無い真っ青な空を見あげた。

時計は夜の七時十分を示しているのに、太陽が真上に近い。

つまり、日本ではないのだ。

すぐに戻《もど》りたくとも、短時間では絶対に戻って来られない場所へ、ふたりは追いやられたのである。それがザラバザの作戦だった。

大天使の召喚《しょうかん》時間まで、およそ三十分。

長距離《ちょうきょり》の移動に適していない魔戦機では、日本に帰り着くことも難しい。

魔戦機を離陸させ、公園の上空にあがると、あきらかに日本ではない街の景色が目の前に広がった。

「あ、サヤ先輩、あれバッキンガム宮殿《きゅうでん》じゃないですか？　ということは、ロンドン？」

「すると、そのむこうに見えるあれが、有名なビッグベンだね」

ふたりは同時にため息をつき、大きくうねりながら延びてゆくテムズ河に視線をむけた。

6

「ったく！　だから深追いするなと言ったのです」

と、校門横のベンチの上に置かれた九堂よしえの首がため息まじりに舌打ちした。

「九堂さん、ここにいない人を怒《おこ》ってもしょうがないよ。それに、三十三体の幽鬼が十九体に減ったんだから上できだよ。あとは俺がやるさ」

丈斗は前方を睨《にら》みながら、続けざまにエレメントカートリッジを割り、右手にエレメントを溜《た》めてゆく。震《ふる》えるような痛みがあることを、誰《だれ》にも気づかれないようにしながら――。

百メートル前方のグラウンドの奥では、幽鬼たちが、海中の藻《も》のように揺《ゆ》らめいている。一《いち》撃《げき》で一体以上が被《ひ》害《がい》を受けないよう、その間隔《かんかく》を大きく開け、静かに丈斗の出方を待っているのだ。

「丈斗、無理をするな。まず俺たちがやる」

遊天童子が妖刀《ようとう》を抜いて、丈斗の横へ立つ。同時に、その背後に数百の妖怪《ようかい》たちが、それぞれの武器を構えて立ち並ぶ。

無数の殺気があたりを震わせ、ザッという音となって響《ひび》いた。

「自分がまだ本調子じゃないのはわかってるよ遊天。でも、もう時間が無いんだ」

「だが……」

言い募《つの》ろうとした遊天童子の刀の柄《つか》に、丈斗はそっと手をあてる。無言で、遊天童子を横に退《ど》かし、丈斗は妖怪たちに言った。

「左右から敵を挟《はさ》みこんで、できるだけ中央に集めるようにしてほしい。正面から俺が撃《う》つ。腕のある奴《やつ》はふたり一組で、囲いから出た敵を一匹ずつ潰《つぶ》してくれ」

『承知した！』

妖怪たちがいっせいにうなずき、左右に分かれ、幽鬼たちの待ち構える戦場へと走り去ってゆく。

遊天童子は動かない。

丈斗が顔をむけると、不満そうに言った。

「おまえの指図は受けないぞ丈斗。ダメだと言っても、俺はもうおまえから離《はな》れない」

遊天童子は今も後悔《こうかい》しているのだ。丈斗に同行してメラ星での戦いに参加しなかったことを。

（無理にでも同行していれば、丈斗はこんな傷を負わずに済んだはずだ）そう思っている。

丈斗はうなずき、視線を九堂へとむけた。

「誰か、九堂さんを保管庫へ運んでくれ」

「はい、僕が行きます」

と、フェレット鬼のシロが駆《か》けて来て、九堂の横に立った。

「いえ、雨神さん、わたくしも最後まで戦場に……」

「ダメだよ九堂さん。もうすぐ体内電池の切れる時間だ」

「では、せめてあと十分だけ、ここで戦況《せんきょう》を！」

丈斗は校舎の屋根にある時計台に目をやった。長針が『3』へと動き、七時十五分を示す。

「わかったよ九堂さん。十分だけだよ。少しでも危険になったら、すぐに避難《ひなん》してくれよ。じゃあ、九堂さんを頼《たの》むよイタチ君」

「承知しました。でも僕はイタチじゃなくて、フェレットです。フェレット鬼のシロです」

敬礼してそう言うシロにうなずき、丈斗は正面の敵を見すえた。

そして――。

「行くぞ！」

鋭《するど》い殺気をあたりに轟《とどろ》かせ、丈斗が走りだす。

追って、遊天童子がゆく。

幽鬼《ゆうき》の群れの左右に展開していた妖怪たちが、雄叫《おたけ》びをあげ、囲いを狭《せば》めた。

戦闘が始まった。しかし――。

丈斗の作戦は、思うようには行かなかった。

幽鬼たちの力が強く、妖怪たちが群れを狭めようとしても、押し返されてしまうのである。

そして遊天童子の妖刀も、一太刀《ひとたち》では幽鬼を倒《たお》すことができない。逃《に》げられ、次と戦っているうちに回復されてしまう。

これは力のある他《ほか》の妖怪たちも同じだった。

幽鬼を一撃で倒せる力があるのは、丈斗しかいない。

「エウーハ！」

丈斗のエレメントの閃光《せんこう》が右手から放たれるたび、一体か二体の幽鬼が再起不能となり、四散してゆく。

最初の五分で、幽鬼の数が半分に近い十体となった。

幽鬼の数が減り、やっと妖怪たちは囲いを思うように狭められるようになる。

しかし、丈斗の体力が続かなかった。

動きが鈍《にぶ》くなり、エレメントの威力《いりょく》も、目に見えて落ちてゆく。

次の五分で、幽鬼の数が残り五体となった。

だが──。

幽鬼の爪《つめ》が、丈斗の胸を裂《さ》いた。

「丈斗！」

遊天童子が幽鬼の腕を切り落とす。そしてすばやく丈斗を抱《かか》え、前線から強引《ごういん》に後退させた。

追って来る幽鬼たちを、妖怪たちが塞《せ》き止める。

「放せよ遊天、たいした傷じゃない」

「そうだ。たいした傷じゃない。少し寝《ね》てればすぐ治る。だが、もう戦闘《せんとう》は無理だ」

「ここであきらめろって言うのか？　あと、たったの五体なんだぞ」

「そのあと親玉が残ってる。おまえの身体《からだ》は、もう限界だ」

「そんなことない……」

「なら、俺の手を払《はら》い除《の》けてみろ」

胸の傷口を押さえつけている遊天童子の手を丈斗は押し除けようとした。思うように腕に力が入らず、遊天童子の手がびくともしない。

的確に遊天童子が、自分の容態を把握《はあく》していることを丈斗は知った。

「ここまでだ丈斗」

「だけど、奴らが大天使の力を得たら、俺たちはやられるぞ」

「そうとは限らない。十二種ある大天使のうちのどれが召喚《しょうかん》できるか、誰《だれ》にもわからない。運だ。四大天使のミカエルやガブリエル級でなければ、どうにかなる。ここにいる妖怪たち全員で強固な結界を作っておまえを守る。メラ星の正規軍が到着《とうちゃく》する夜明けまでなら、どうにか保《も》つ」

遊天童子が結界を作り、丈斗を包みこむ。

金縛《かなしば》りのように身動きの取れない結界である。

「よせ。俺じゃなく、保管庫のあの子たちを狙《ねら》ったらどうなる？」

「それをして、奴《やつ》らにどんなメリットがある？　仮にもしもそうなったとしたら、運が悪かっただけだ」

「そんなわけにいくかよ」

「ここで誰が死のうと構わない。だが、おまえがここで死ねば、誰がこの星の妖怪たちをまとめる？　誰がベロルと戦う？　丈斗、おまえを俺よりも先に死なせるわけにはいかない」

遊天童子は丈斗の反論を封《ふう》じるように、結界の層を厚くし、繭《まゆ》のような結界の中へ丈斗を閉じ込める。

そしてすぐに、妖怪たちを集めた。

「ふっ、勝ったぞ」

丈斗たちが守りに転じたのを見て、ザラバザはほくそ笑《え》む。

攻撃《こうげき》をやめた妖怪たちは、グラウンドの一画で丈斗を中心とするドーム状の巨大《きょだい》な結界を作りあげていた。さらにその内側からエレメントを幾重《いくえ》も合わせ、強度を増してゆく。

残っている幽鬼五体ではとても破壊《はかい》できそうにない結界である。たとえ大天使に召喚転生しても、破るには時間のかかる代物《しろもの》だ。

ザラバザはジャムンを丸窓のように開け、向こう側に見えるマリマへ伝えた。

「勝った。奴ら、結界を作って閉じこもったぞ。明け方には正規軍が到着する、そう本気で思っているらしい。ワームホールの方はどうだ？」

マリマがゴーグルのような眼鏡《めがね》に手を当て、そこに映しだされる情報を読む。やがて、赤い口を微《かす》かにゆがめ、笑いをこらえながら言った。

「確認《かくにん》できたわ。ワームホールの出口に仕掛《しか》けたエレメントボム、うまく作動したみたい。これで正規軍の到着は、早くても明後日以降よ」

「よし、これで決まりだ！」

「油断するな！」

ピョトルが怒鳴《どな》り、灰色のヘルメット頭をザラバザにむけた。

「三十三体もあった幽鬼を、わずか五体にまで減らし……ザラバザよ、敵を殲滅《せんめつ》できたのか？」

「それは……。しかし、もはや我々に歯むかう敵はおりません」

「嘘《うそ》を言うな！　まだ四人、ヒヨコたちが地下の格納庫に潜《ひそ》んでおる」

「しかし、奴らは無いに等しい戦力、わたくしひとりでも、片手で……」

「言いわけはよい。ワシは敵を殲滅しろと命じたはずだ。少しでも、ワシの召喚転生を邪魔《じゃま》する可能性のある者を残しておくな」

「申しわけございません。ただちに、格納庫のヒヨコたちを……」

「待て、それはあとでよい。肝心《かんじん》の雨神丈斗が生きている。結界の中から出て来ない保証はない。幽鬼《ゆうき》を三体、エレメントに変えて、奴らの結界を覆《おお》ってしまえ。あと二十分。一歩も奴らを外に出さぬようにするのだ。ヒヨコどもを潰《つぶ》すのは、幽鬼一体で充分《じゅうぶん》。もう一体はこちらの守りに戻《もど》しておけ」

「かしこまりました」

7

電子音を発し続けている電話機を、カネルが格納庫の隅《すみ》で見つけた。

シリルがすばやく受話器をあげ、耳にあてる。帽子《ぼうし》の下から、面長《おもなが》の整った顔だちが一瞬《いっしゅん》だけ見えたが、シリルは恥《は》じるように三人へ背をむけて答えた。

「はい、シリルです」

「誰から？」

「なんかあったのかよ？」

横で、ロロミやカネルが問いかけるが、シリルは「はい、わかりました」という重い返答をくり返し、やがて――。

複雑な表情でそっと受話器をおろす。

「九堂先輩《せんぱい》からだった。作戦が失敗した。敵を殲滅できなかった。すぐに、結界を作って中に閉じこもれと言われたよ」

シリルの言葉にロロミが絶叫《ぜっきょう》する。

「アマタケ様は無事なの？」

「少し負傷したけど、無事だそうだよ」

シリルは手短に状況《じょうきょう》を伝え「アマタケ様の身体《からだ》、やはりまだ完治してなかったらしい」とつぶやく。

おまえのせい！　そう、言わんばかりの勢いで、ロロミが米子を睨《にら》んだ。

「な、なんだよ！　確かにコメちゃんを助けるためにアマタケ様を起こしたけど、どっちみち、起こさなきゃならない状況じゃないかよ！」

カネルがロロミに詰《つ》めよると、シリルが右手をあげてそれを遮《さえぎ》った。

「今は仲間割れなんかしている場合じゃない」

「わかってるよ。でも……」

「九堂先輩は無事ですか？」

とたずねる米子に、シリルはうなずいた。

「心配ないよ。フェレット鬼《おに》に運ばれて、今は部室にいる。体内電池が残り少ないから、もう連絡《れんらく》はできないと言ってた。さあ、君たちはすぐに結界を作って、自分たちの身を守るんだ」

シリルはポケットから真新しい手袋《てぶくろ》を取りだし、取り替《か》える。

「君たちは――、ってなんだよ？」

「僕たちは行くよ。今、ベロルの召喚《しょうかん》転生を阻止《そし》できるのは、もう僕たちだけだ」

「待てよ！　九堂先輩の命令を無視するのかよ？　だいたい、アマタケ様が倒《たお》しきれなかったような敵を……」

「確かに難しいよ。でも可能性はゼロじゃない。残り二体の幽鬼と、ベロルの戦士をひとり倒すだけでいい。それに、このまま結界の中に閉じこもっても、ベロルが四大天使級の大天使を召喚して転生したなら、僕たちはひとたまりもないよ。結界の中のアマタケ様だって、危ないんだ」

「そういうわけよ。だから……」

ロロミがそう言って、シャオルンの首に鎖《くさり》をつける。その鎖の先を米子へむけた。

「この子もいっしょに、あんたたちの結界の中へ入れてあげてよね」

「なんでだよ！　おまえらマジで死ぬ気なのかよ！」

カネルは怒鳴った。今日、出会ったばかりの嫌《いや》なふたりではあるが、同じ敵を相手にする仲間である。死んで欲《ほ》しくはない。

「それでアマタケ様が救えるなら本望《ほんもう》だよ」

「そう。それで世界が救えるなら」

シリルとロロミが、格納庫の中にある使えそうな武器を勝手に装着しはじめた。エレメントカートリッジや、エレメントボム、簡易型の妖魔《ようま》レーダーなどである。

「わかんねーよ！　ぜんぜん。なんでそう簡単に命かけられんだよー！」

「君にだって、守りたいものが、ひとつやふたつはあるはずだよ。僕はね、妖魔術師として生きて、妖魔術師として死ぬと決め、シリル・グレイという名を自分につけたんだ。その自分の信念を、守りたいだけだよ」

「あたしだって。……あっ！」

ロロミが息を飲み、あわてて簡易レーダーを操作しはじめる。

「敵、来た！」

カネルたちにもわかった。どこか遠くの方で、金属をねじ切るような音が微《かす》かに聞こえる。この格納庫へむかって、敵が侵入《しんにゅう》を開始したのだ。

「数は？」

「幽鬼が一体だけ」

「しめた。一体なら、どうにか倒せるかもしれない」

と、シリルが拳《こぶし》を叩《たた》く。

知能が低いため、術師の操作しないエレメンタルはその戦力が半減すると言われている。それでも、シリルとロロミのふたりだけで倒せる敵ではない。

「どうやって？」

カネルが問うと、シリルは格納庫の奥にあるエレメントガンを指さした。

「敵は、自己回復型の幽鬼《ゆうき》だから、一撃《いちげき》で倒せるような武器が必要だよ」

「でも、ものすごーく重いんだぞ！」

「銃口《じゅうこう》を出入口へむけてセットすれば、一発は撃《う》てる。外さなければ倒せる」

金属をねじ切る音が、さっきよりさらに近くなった。船の最初のドアを破壊《はかい》し、次のドアを壊《こわ》しはじめたのである。

「急ごう！」

シリルの指示に従い、一〇二キロのエレメントガンを四人で動かし、銃口をドアへとむけた。巨大《きょだい》なこん棒のようなコンバームは、重すぎて動かせない。その上でエレメントカートリッジを割り、エネルギーを充塡《じゅうてん》する。

しかし幾《いく》ら割っても、なかなかエネルギーがたまらない。五十個近いカートリッジを割って、やっと、ゲージが使用可能レベルに達した。

格納庫の入口のドアに、幽鬼が爪《つめ》を立てはじめた。

「もういい。これで撃とう」

引鉄《ひきがね》のレバーへ手を当てたシリルごと、上から布をかぶせてエレメントガンを隠《かく》す。

ロロミは柱の陰《かげ》に隠れ、急いで幾つもの魔法円を空中に浮《う》かべた。

カネルと米子は、格納庫の奥で結界を作り、シャオルンと共に中へ入る。そして強度をあげるため、内側からさらに結界を重ねた。

両開きの中央部分に穴があき、そこから幽鬼の爪が突《つ》きだす。ガリガリと強引《ごういん》に引き裂《さ》き、穴を広げてゆく。

穴の大きさが直径三十センチほどになると、幽鬼は蛇《へび》のようにずるりと、頭から格納庫の中へ入って来た。

シリルが布をはねあげ、レバーを引く。

轟音《ごうおん》と共に閃光《せんこう》が走る。

鋭《するど》い一撃が、幽鬼の身体《からだ》を突き抜《ぬ》け——、

背後のドアを粉々に吹《ふ》き飛ばす。

幽鬼の胸に、頭が入るほどの大きな丸い穴が、ぽっかりとあいた。それでも幽鬼は、平然と三歩ほど前へ進んでくる。

「嘘《うそ》だろ？　倒《たお》れろよ！」

カネルの口から声が漏《も》れた。

その願いが届いたように、幽鬼がふいに両膝《りょうひざ》を床《ゆか》に落とし、動かなくなる。

しかし倒れない。胸の穴の中で放電のような稲光《いなびかり》が幾つも走り、少しずつ穴が塞《ふさ》がってゆく。

「ロロミさん！」

シリルはカードを投げながら、幽鬼へと走る。

数枚のカードが幽鬼の身体に突き刺《さ》さり、次々と破裂《はれつ》し、肉体をひとつかみずつ削《けず》り取ってゆく。

ロロミも柱の陰から出て、魔法円の一撃を放った。

「エウーハ！」

幽鬼の頭部に当たり、顔面が細かいヒビに覆《おお》われる。

二発めを投げようとした瞬間《しゅんかん》、幽鬼の頭部にある黒い口のような穴から、エレメントがロロミにむけて撃たれた。

とっさに結界の楯《たて》を作り、ロロミはそれを受ける。通常なら、ロロミの楯は割れていただろう。しかし、幽鬼の攻撃《こうげき》力が著《いちじる》しく弱まっていた。

それでもその衝撃《しょうげき》は強く、ロロミの身体を後ろへ弾《はじ》き飛ばし、壁《かべ》へ叩きつける。

「ロロミさん！　くそっ！」

さらに接近したシリルが、ありったけのカードを幽鬼の頭に突き立てる。

幽鬼の腕《うで》がゴムのように伸《の》び、シリルの胸をその爪で引き裂いた。

「ぐあっ！」

胸を押さえてシリルが倒れこむと、幽鬼に突き立てられたカードが破裂した。幽鬼の頭部が四散して、消え失《う》せる。

それでもまだ、倒れない。

「シリルさん！　ロロミさん！」

結界を開き、米子はまずロロミに駆《か》けよった。頭から血が出ている。意識がない。

カネルが胸を斬《き》られたシリルの元へ走りよろうとすると、シリルは胸を押さえて怒鳴《どな》った。

「来るな！　米子さん、とどめだ。早く、幽鬼にとどめを！」

「はい！」

米子は走り、距離《きより》を縮めてからスティックをふるう。幽鬼の残っている胸の部分に、続けざまに三発のエレメントが撃ち込まれる。

両腕をだらりとさげた幽鬼が、やっと床へ沈《しず》んだ。

「よし、やった……」

それを見届け、シリルも意識を無くす。溢《あふ》れ出た血が、床を染めてゆく。

「うわっ！　どうしよう！　どうしようコメちゃん！」

カネルは両手でシリルの斬られた胸を押さえて叫《さけ》んだ。なにをどうしていいのか、まるでわからない。

「退《ど》いてください」

壊《こわ》れたドアから、格納庫の中へ走りこんで来た者がいる。フェレット鬼のシロだった。

すばやくシリルの容態を確認《かくにん》し、カネルと米子に指示を与《あた》える。

「骨まで斬られてますけど、臓器には達してないみたいです。カネルさん、奥の棚《たな》にある救急治療《ちりよう》セットを持って来てください。二段めの白い箱がそうです。米子さんは治癒《ちゆ》の魔法円を作ってください。急いでください」

シロは次々とふたりに指示をだし、シリルとロロミにメラ星の医療技術を使った治療を施《ほどこ》した。

「ロロミさんは気絶しているだけです。でも頭を打っているので、このまま動かさない方がいいです。シリルさんの方は重体です。延命処理しましたけど、できるだけ早く、本格的な治療を施した方が無難です」

「すごいなー、どこで習ったんだ？　救急治療セットの使い方とか？」

「今回の任務を引き受ける時、いろんな装置の使い方を、ぬらりひょんのじいさんから教えてもらったんです」

「ぬらりひょん？」

「そんなことより、どうするんですか？　もう時間がありませんよ。あと十分ほどで、召喚転《しょうかん》生がおこなわれてしまいますよ」

「私、行く！」

米子が立ちあがり、腰《こし》のケースに残っているエレメントカートリッジの数を確認した。

あと五本しかない。それで全部である。

「ムチャだよコメちゃん！」

カネルが止めた。

「でも、このままだと皆《みんな》、死んじゃう！」

「そんなこと、まだわからないだろ？」

しかしエレメントカートリッジのほとんどを使ってしまっているため、もう強固な結界を作ることはできない。たとえ召喚が失敗したとしても、ザラバザの攻撃だけで破壊《はかい》されてしまうだろう。

「私、行く。カネルたちは結界の中に戻《もど》って。私、もう誰《だれ》も死なせたくない！　それに、あのザラバザ……、ゆるせない！」

「コメちゃんひとりで、かなうわけないじゃないか！　死んでもいいのかよ！」

決意した瞳《ひとみ》で、米子が大きくうなずいた。

死んでも構わないと――。

もう誰にも止められないことを悟《さと》り、カネルもうなずいた。

「わかったよ。でも、僕も行くからね。絶対にひとりでなんか、行かせないよ！」

米子の返答を待たず、カネルはシロへたずねた。

「で、敵の位置はどこ？」

シロは妖魔《ようま》レーダーのスイッチを入れ、画面を指さした。

「まず、白い点が日本の妖怪《ようかい》たちを示す点です」

グラウンドの一画に白い点が集中している。丈斗を守る妖怪たちの結界だ。

そこから三百メートル離《はな》れた第二グラウンドを覆《おお》うように、大きく丸い緑が点滅《てんめつ》している。

「この緑のがベロルの着陸船です」

船の本体は宇宙に近い上空にとどまっている。切り離された着陸船だけが、第二グラウンドに降りて来ているのだ。

学園のいたるところに、ぽつぽつと残っている白い点を指さし、カネルがたずねた。

「この白いのは？」

「戦力にならない、弱い妖怪たちです」

「あいつはどうなんだ？　タカイタカイは？」

「タカイタカイもそうです。力だけはありますけど、知能が弱く……」

なにか閃《ひらめ》いたカネルが、手を叩《たた》いて叫んだ。

「それだ！」

その背後で、もぞりと幽鬼《ゆうき》の身体《からだ》が動いた。わずかに残っていた部分から、蘇生《そせい》を再開したのである。

8

「おかしい……」

着陸船の中でレーダーを見ていたザラバザがつぶやいた。

「どうしたのだ？」

椅子《いす》に固定され、いくつものコードを身体につけたピヨトルがイラついた口調でたずねる。

だいぶ前から、ピヨトルは召喚転生の準備を整えて時が来るのを待っていた。

壊れたおもちゃのように「まだか？　まだなのか？」という言葉を三十秒おきにくり返し、マリマをうんざりさせながら――。

「幽鬼がヒヨコふたりと、低俗《ていぞく》な妖怪を二匹《ひき》連れて、戻って来ています。しかし、私はそのような指示を与えていません」

「なんでもよい。ここへは誰も近づけさせるな！」

「はっ、かしこまりました」

ザラバザはすぐに、最後の幽鬼一体をむかわせる。

「まだか！　マリマよ、まだなのか？」

「あと五分ほどです。ピヨトル様」

大きなため息をついたピヨトルは、ふと思いだしたように言いだした。

「ザラバザよ！　おまえには失望したぞ。三十三体もの幽鬼を無駄《むだ》にして、妖魔術クラブのメンバーをいったいなん匹、死なすことができたのだ？　確かに、ここへは近づけさせないという当初の目的は達成した。だがワシの与《あた》えた目標を、達成できていないではないか？　知力と戦力に優《すぐ》れていると聞いていたが、まったくの買いかぶりではないか。失望した。失望したぞザラバザ！」

暇《ひま》をつぶすように、ネチネチと小言をくり返す。

「おそれながら、我《わ》がダーダ家は、代々戦略に優れた家系でございます」

「いったいどこが、そうなのだ？」

ザラバザが自信に満ちた笑顔《えがお》を、ぐっとピヨトルに近づけて答える。

「今からそれを証明いたします。これでございます」

ザラバザは笑顔で右手の拳《こぶし》をかざした。

「……？」

ピヨトルが顔を近づけると、ザラバザはいきなり、その拳でピヨトルのヘルメットを叩き割った。

ぎゃっ！

という悲鳴と共にヘルメットの中から溶液《ようえき》が噴《ふ》きだす。

ザラバザの手が、わずかに残っていたピヨトルの頭を中から引きずりだし、ビシャリと床《ゆか》へ叩きつける。そして、踏《ふ》みにじった。

電気を流されているかのように、ピヨトルの身体が椅子の上で激しい痙攣《けいれん》を起こし、すぐに動かなくなる。

「見たかじじい。俺はこの時を待っていたのだ。これが俺の戦略だ。どけ！　ここは俺の席だ」

ピヨトルの遺体を椅子から引き剝《は》がし、部屋の奥へと投げ捨てる。

「どういうつもりかしら？」

マリマが小型のエレメントガンをザラバザにむけ、比較的《ひかくてき》冷静な口調でたずねた。

「大天使に転生するのは俺だ」

「それで、力を手にいれたとしても、反逆者のあなたをベロルが許すと思ってるの？」

「ベロルに戻《もど》るつもりはない。俺は、この星の長《おさ》となる。雨神丈斗を失えば、この星で最強の俺に従うしかなくなるのだ。俺はこの星の妖怪たちの力をまとめ、ベロルを、メラ星を、この世界を手中に収める！」

「あらあら、大それた野望ね」

「どうだ？　俺に手を貸さないか？　ナンバー2《ツー》の地位を与えてやるぞ」

「どうでもいいわそんなもの。私の望みは大天使の召喚《しょうかん》技術を高めることよ。これからもずっと好きに実験をやらせてくれると保証してくれるなら、寝返《ねがえ》ってもいいわ」

「よし、決まりだ」

ザラバザが握手《あくしゅ》を求めると、マリマは銃《じゅう》をしまいながら答えた。

「手を握《にぎ》るのは、あなたの召喚転生が成功してからよ。最低のアナエル級なんかを召喚したりしたら、あなたの方が軽くアマタケに食われるわよ」

「試《ため》してみればわかる。俺は昔からくじ運の強い男だ」

マリマは召喚のためのセッティングをやりなおしながら、命じるような口調で言った。

「じゃあ、そこに座って。運なんか関係ないのよ。重要なのは、力を欲する心。理由なんかどうでもいいの。とにかく欲する心が強ければ強いほど、上のクラスの大天使を召喚できるのよ。それを忘れないで」

9

「来ます！　正面！」

レーダーを見ていたフェレット鬼のシロがカネルの肩《かた》の上から警告する。

第二グラウンドへ通じる体育館の裏の小道の、その途中《とちゆう》だった。

「止まって！」

米子はタカイタカイに命じ、歩みを止めさせた。

タカイタカイの上で、米子は右手にエレメントガン、左手にコンバームを手にしている。手にはしているが、その重いふたつを下から支えているのは、タカイタカイの触手《しよくしゆ》である。

召喚円で呼び、コンペイトウ百個で買収したのだ。

「カネルさん幽鬼《ゆうき》を！　もういいです。すべて吸い取ってしまいましょう」

シロに言われ、タカイタカイの背から飛び降りたカネルが、鎖《くさり》でしばり、引きずって来たそれを前の方へ運ぶ。

徐々《じょじょ》に蘇生《そせい》してゆく幽鬼の肉体である。蘇生がある程度まで進んだところを、コンバームで叩《たた》き、エレメントを吸収したのだ。

おかげでエレメントガンのゲージが、七十パーセントを超《こ》えている。

「コンバームで叩いて。もっと、もっと」

米子の命令を受けたタカイタカイが、コンバームを持ちあげ、幽鬼を叩く。二度、三度——。

ゲージが八十を超え、幽鬼の肉体が完全に沈黙《ちんもく》した。そして崩《くず》れてゆく。

前方の木々に動きがあった。新たな幽鬼である。雑木林を抜《ぬ》けて、正面に現れようとしている。

「銃口《じゅうこう》をあげて、右、もうすこし右、そこ！」

エレメントガンの先端《せんたん》から出るレーザー照準の赤い光を、木々の揺《ゆ》れに合わせる。

自動操縦のエレメントは、どうしてもとっさの判断力が弱い。たいした警戒《けいかい》もせずに、木々の間から頭をのぞかせた。

米子は、エレメントガンのレバーを引いた。

轟音《ごうおん》と共に、一撃《いちげき》が幽鬼の頭を飛ばす。

「進んで！　急いで！」

蘇生が進む前にコンバームで叩き、そのエレメントを吸い取らないと反撃されてしまう。

「早く早く！」

しかし、重いコンバームとエレメントガンを担《かつ》いでいるため、タカイタカイの動きは鈍《にぶ》い。

「叩いて！　早く！」

接近してコンバームを持ちあげると、幽鬼の腕《うで》と、その先にある鋭《するど》い爪《つめ》が、伸《の》びた。

そして、ふりおろしたコンバームの先を、幽鬼の爪が斬《き》り飛ばす。

だがコンバームの残った部分が、幽鬼を叩く。幾度《いくど》も——。

「もっと、もっと！　強く強く！」

エレメントを吸い取る速さが落ちたが、完全に壊《こわ》れたわけではない。

エレメントを吸われて、幽鬼の身体《からだ》がしだいに萎《しぼ》んでゆく。それでも、もがくように爪をむけ、米子たちへの反撃を忘れない。

「ラ！　エウーハ！」

米子のエレメントカートリッジを使った魔法円《まほうえん》の一撃が、その反撃を阻止《そし》する。

そして、最後の幽鬼が沈黙した。

「勝った！」

米子の背後で、カネルが叫《さけ》ぶ。

残るは、着陸船の中のザラバザたちだけである。

「行って！　早く！」

幽鬼が出て来た雑木林を、コンバームでなぎ払《はら》いながら進む。

第二グラウンドに横たわる巨大《きょだい》なカタツムリの殻《から》のような着陸船の前へ——。

船体から少し突《つ》きだした六角形の入口は、当然のごとく固く閉じている。

「エレメントガンのパワーを最小にして、ドアを撃《う》ってください。この先、ドアが幾つあるかわかりませんけど、エレメントを節約して、ザラバザを撃つ分を残さないとダメです」

シロの言葉にうなずき、米子は威力《いりょく》を弱めた一撃を、船の入口へむけて放った。


着陸船が大きく揺れた。

「なんだ？」

「ヒヨコさんたちみたいよ。着陸船の入口を壊しているわ」

モニターに米子たちの姿を映し、椅子《いす》に固定されたザラバザに見せた。

「重戦車用のエレメントガンか？　なるほど、こんな物を隠《かく》し持っていたのか。だが、この程度の武器を無理にふり回したくらいで、俺を倒《たお》せると思っているとは、おめでたい奴《やつ》らだ」

「どうするの？　召喚《しょうかん》を中断して、先に叩いて来る？」

「いや、召喚転生が先だ。いかにエレメントガンを撃っても、隔壁《かくへき》をすべて壊し、ここにたどりつくまで、まだまだ時間がかかる」

「そうね。私もそう思うわ」

次のドアもエレメントガンで撃ち、コンバームで叩いて穴を広げ、その先へと進む。

金属の輪をつなげて通路にしたような、上下左右にうねる不可思議な通路である。

「早く！　早く早く！」

米子に急《せ》かされながら、タカイタカイが必死に歩む。

すぐに三つめのドアが見えてきた。

「くそーっ、いったい幾つあるんだよー！」


自動魔法円が、激しく動きはじめた。

「来たわ。念じて！　強く念じて！　力が欲しいと、強く！」

マリマが絶叫《ぜっきょう》するように言った。

ザラバザは念じた。今まで受けた、様々な差別や酷《ひど》い仕打ちを思いだしながら――。

(力だ！　俺に力をくれ！　俺をバカにした奴らを、すべて食い殺すだけの力を！)

他《ほか》の兄弟とくらべ、少し劣《おと》っているだけで無能とさげすんだ父親。恩を仇《あだ》で返し、地位を奪《うば》いとった仲間。ダーダの家系が気にいらないという理由だけで理不尽《りふじん》な差別をした上司。

恨《うら》みをこめ、ザラバザは念じる。


エレメントガンの一撃が、ドアを破る。

まだ、中央の部屋が見えてこない。コンバームで叩《たた》き壊し、進む。

次のドアへむかって――。

部屋の床《ゆか》に描《か》かれた魔法円が、激しく光りはじめた。

あたりが揺れる。

ドアを叩くコンバームによるものなのか、大天使の出現を示すものなのか、わからない。

最後のドアに穴があき、椅子に固定されているザラバザの姿が見えた。

「居た！」

穴にエレメントガンの銃口《じゅうこう》を差し込み、ザラバザにむけて撃つ。

もはやタカイタカイに指示をだす必要はなかった。米子の思考を読み取ったように、すばやく動いていた。

残してあったすべてのエレメントを一撃《いちげき》に込め、ザラバザの胸へ叩き込む。

衝撃《しょうげき》で椅子が弾《はじ》け、ザラバザの身体が激しく壁《かべ》へ叩きつけられる。

しかし――。

「これはなんだ？　祝砲《しゅくほう》なのか？」

笑いながら、わずかに黒くなった胸を撫《な》でて、ザラバザが立ちあがる。

プロテクターを内側から破壊《はかい》しながら、ザラバザの肉体が巨大化してゆく。身長三メートルほどの鬼《おに》のような怪物《かいぶつ》へ――。

間に合わなかったのだ。ザラバザの大天使召喚と転生が、すでに完了《かんりょう》してしまっている。

「見よ、この肉体を！　俺様は四大天使のひとり、ガブリエルの力を得たぞ！」

十二種ある大天使の内の上から二番め、天使係数二百五十EPXを持つ、ガブリエル級の力をザラバザは得たのである。

ザラバザの凄《すさ》まじい妖気《ようき》に驚《おどろ》いたタカイタカイが、武器を投げ捨てて逃《に》げはじめた。

「逃げちゃダメ！」

米子がタカイタカイを叩き、その背から飛び降りる。けれど、タカイタカイの足は止まらない。

「コメちゃん！」

遅《おく》れてカネルも飛び降りた。

ザラバザが軽々とドアを引きちぎり、通路へ出て来る。

米子はスティックをふるい、エレメントを放った。残っていたカートリッジを次々と割り――、

ザラバザの顔へむけて――。

一発、二発、三発、四発。

それですべてだった。

顔を撫でながらザラバザが嬉《うれ》しそうに笑う。

「すこしは腕《うで》をあげたようだな小娘《こむすめ》。だが、今の俺様にはそんな攻撃《こうげき》、痛みどころか、かゆみすら感じられんぞ」

米子へむかって、ザラバザが歩みだす。

「小娘、おまえに、俺様の最初のいけにえとなる栄誉《えいよ》を与《あた》えよう」

カネルが両手を広げ、ザラバザの前に走りこむ。

「ダメだ！」

ザラバザは足を止め、カネルを見すえた。

「ほほう。これと同じ状況《じょうきょう》、少し前にもあったな。だが……」

耳をすますようなそぶりで、ザラバザはあたりをうかがった。

「助けはどこだ小僧《こぞう》？　アマタケは来ないぞ。メラ星の正規軍も、まだ来てない。いったい誰《だれ》が助けに来る？　その気配は、どこにもまったくないぞ」

おどけるザラバザを正面から睨《にら》んで、カネルは怒鳴《どな》る。

「うるさい！　コメちゃんは僕が守る！　絶対に死なせない！」

「ほほう、どうやって守るつもりだ？」

カネルは唇《くちびる》を噛《か》んだ。ザラバザの言うとおり、米子を助けられる術《すべ》など、なにも無い。

「虫ケラのごときおまえに、いったいなにができる？　ここで、犬死にするだけではないのか？」

「カネルやめて！　早く逃げて！」

米子が叫《さけ》ぶ、けれどカネルは動かない。

(約束したんだ。コメちゃんの父さんに……。でも……、でも、もうダメだ。守れないよ。ダメだよ。ぜんぜん、約束、守れないよ。たぶん、ここで死ぬんだ。弱いから……、なんにも、なんにもできない金魚のフンだから。でも……、でも……)

一歩、ザラバザが前へ進む。けれどカネルは逃げない。

米子も動けない。金縛《かなしば》りを受けているように、ただカネルを見つめることしかできない。

(逃げて！　逃げてカネル！　私なんかのために、死なないで！　お願いだから……)

「ひとつ聞いておこう。なぜだ小僧？　こんな小娘ひとりのために、なぜ命を捨てる？」

「おまえに、米子の良さがわかってたまるかよ！　米子は、今はもう全然、笑わなくなったけど。笑うと、笑うと……、ものすごくかわいいんだぞ！　だから、だから俺、好きなんだ！　だから守るんだ！」

言って気づいた。

(そうだよ。俺、米子が好きなんだ。ずっと前から、好きだったんだ。米子の笑顔《えがお》、また見てみたいんだ。だから、だから……)

カネルは背をむけたまま米子に怒鳴った。

「逃げろ米子！　早く逃げろ！　こいつは俺が引き止めるから、逃げて、生きろ！」

（生きろよ。生きて、笑ってくれよな。昔みたいに……）

米子は首を横にふる。カネルを置いて、逃げることなどできはしない。

（やめて！　助けて！　誰かカネルを助けて！　殺さないで！）

だが、どこからも助けは来ない。

（殺すなら、私を殺して！）

米子は気づいた。自分の心の奥そこに、死を望む強い感情があることに。死んで、父親に償《つぐな》いたいという強い思いがあることに。

死に場所を求めるように、行動してしまっていた――。

それが、カネルを死へ近づけた。

（私のせいだ！　ぜんぶ私のせいだ！）

ザラバザがうなった。

「……うーむ、わからん。さっぱりわからん。だがおもしろい。その娘を捨て、俺様の下僕として生きることを誓《ちか》うなら、おまえの命だけは助けてやろう。どうだ？　誓うならそこをどけ！」

「できるか！　バカヤロー！」

死を覚悟《かくご》したカネルの凄まじい気迫《きはく》に、ザラバザの足が、よろけるように一歩、後退した。

理解し難《がた》い恐《おそ》れを感じたのである。

しかしすぐに、ザラバザはその感情をふり払《はら》い、前へ出た。

「……なるほど。よくわかった。では……、ここで死ぬがいい。虫ケラのように！」

軽くふりおろしたザラバザの拳《こぶし》が、カネルの身体《からだ》を叩《たた》きつぶす。言葉どおり、うるさいハエを始末するかのように——。

カネルの頭が割れ、内臓があたりに飛び散った。

そのカネルだった物体を見おろしながら、ザラバザは右手についた血を舐《な》めとる。

「ふん。くそまずい血だな」

「カネル！」

米子が叫び、急いで治癒《ちゆ》の魔法円《まほうえん》をカネルの身体へ投げる。なんども、なんども——。

(死なないで！　死なないで！　死なないでカネル！　私、生きるから。もう死ぬなんて考えないから。だから、カネルも生きて！　生きて！　生きて！　生きて！　死なないでカネル！)

泣きながら、米子は魔法円をカネルへむけて撃《う》つ。

その米子へ視線をむけ、ザラバザが歩みだそうとすると——、
カネルの右手が動き、ザラバザの足を押さえた。

「ほう、まだ生きているのか？　しぶとい小僧め！」

とどめを刺《さ》すため、ザラバザは大きく、その足をカネルの上へふりあげた。

「待って！」

止めたのはマリマだった。

自動魔法円が、ふたたび激しく動きだしている。

「召喚《しょうかん》がはじまったわ」

「まさか？　この小僧《こぞう》が、大天使を呼ぼうとしているのか？」

米子を助けたい。力が欲《ほ》しい。その強い思いが、召喚円に作用したのである。

「おもしろいわ。このままデータを取らせて。それにこれは、あなたにとっても都合のいいことよ」

「都合がいい？　どんなふうに？」

「召喚転生後の一時間は、まだエレメントの定着が不完全なの。その肉体を食うと、約三十パーセントの天使係数を自分の中へ取り込むことができるわよ」

「ほほう。だが、俺様より上のミカエルを召喚したのでは、こちらが危《あや》うくなるのではないのか？」

「その時は、強引《ごういん》に機械を止めて転生を阻止《そし》するわ」

「ならばよい」

ザラバザは足をおろし、期待に満ちた目をカネルへむけた。

「小僧、おまえの運を見せてみろ。できるだけ高い大天使を引き当てろ。そして俺様に、さらなる力をよこすのだ」

魔法円が光り、そのまわりにぼんやりと十二の人型の影《かげ》が立ちならぶ。

それが、人の住むそれぞれの惑星《わくせい》内部に、神々が隠《かく》したエレメンタルとも言われている大天使たちである。

ルーレットのように、その頭上を光の玉が速度を落としながら走り抜《ぬ》けてゆく。止まったそれが、召喚対象の大天使となるのだ。

ザラバザとマリマが待ち構える中、光の玉が止まる。カネルの引いた大天使は――。

「アナエル……」

天使係数二十EPXしかない最下位の大天使である。

白いエレメントの渦《うず》が、床《ゆか》で潰《つぶ》れているカネルの体内へと入ってゆく。

「くそっ！　このマヌケが！　俺様の十分の一にも満たない力ではないか！」

「待って！　もうひとつ来るわ」

また、十二の大天使が召喚円のまわりに並び、光の玉が走る。

「ふたつめだと？　こんなことがありえるのか？」

「すごいわ！　計算上は可能だとされてるけど、メラ星の召喚転生でも確認《かくにん》されていない現象よ！」

興奮したマリマが、背中の腕《うで》を広げ、激しく端末《たんまつ》を操作しはじめる。

「なんでもいい。次はもう少し、ましな大天使を引き当てろ！」

しかし、次に引き当てたのも、最下位のアナエルだった。

「続けてスカを引くとは……、ほとほと運の無い小僧だ。ふたつ足しても、たったの四十にしかならんではないか」

ふたつめのエレメントがカネルの体内に納まると、復活がはじまった。細胞《さいぼう》が増殖《ぞうしょく》し、潰れていた身体が音をたてて膨《ふく》らんでゆく。古い皮膚《ひふ》や、服を引き裂《さ》き、まだらに、血の跡《あと》をカネルの身体が見る間に、ザラバザと同じ背格好を持つ鬼神《きしん》へと変化《へんか》した。

「ほほう。姿だけはそれなりではないか。では、いただくとしよう」

まだ意識の定まっていないカネルの首に、ザラバザが右手をかける。

その時、横の方からジャムンの開く音が響《ひび》いた。

ザラバザが視線をむけると、背中の八本腕と両腕で、抱《かか》えられるだけの装置を抱えたマリマが、ジャムンの中へ入ってゆく。

「どこへ行くのだマリマ？」

「メラ星へ帰らせてもらうわ。とても貴重なデータも取れたことだし」

「ベロルに、このまま戻《もど》れるとでも？」

「あなたの反逆で、召喚転生が失敗したと説明すれば、ベロルも納得《なっとく》してくれるわ」

「失敗だと？　どこがだ？　寝返《ねがえ》って俺様を敵に回しても、損をするのはおまえだぞマリマ」

ザラバザにむかって手をふりながら、マリマはジャムンを閉じてゆく。

「その心配はないわ。あなたはここで死ぬから」

「死ぬ？」

「私もたった今、それを知って驚《おどろ》いたところよ。ふたつの大天使って、どうやら足し算じゃなかったみたいなの」

「足し算じゃない……？」

カネルの腕が動き、首を押さえているザラバザの手首をつかんだ。

「そうなの！　足し算じゃなくて、掛《か》け算。さようなら」

マリマの姿がジャムンの奥へと消える。

「そんな……、バカな……」

ザラバザの思考が麻痺《まひ》した。

二十×二十。それは最上位のミカエル級をも遥《はる》かにしのぐ、天使係数を備えた鬼神である。

ザラバザの腕が、ボール紙のように軽々とへし折られた。そして逆に、カネルの手がザラバザの首をつかむ。

「ま、待て！　待ってくれ！」

とっさにザラバザが哀願《あいがん》の声をあげる。

カネルは動きを止め、耳をかたむけた。

「どうだ？　手を組まぬか？　俺たちふたりなら、世界を、すべてを、簡単に手に入れることができるぞ」

「……それが、なに？」

「それが？　欲しくはないのか？」

「そんな物いらない。おまえ、米子を食おうとした。俺は許さない！」

「待ってくれ！」

「いや……、もう待たない。地獄《じごく》の釜《かま》が開いた。さっさと行って、亡者《もうじゃ》の餌《えさ》になれ！」

大きく開けた口で、ザラバザの頭を大きくかじり取る。まるでリンゴのように、ひと口――。

ザラバザが悲鳴をあげ、手足をふりまわすがカネルの手から逃《のが》れることはできない。

ふた口――。脳味噌《のうみそ》が大きくかじり取られ、悲鳴が濁《にご》る。

「まずい！」

カネルはかじり取った物を床に吐《は》き捨てると、狂《くる》ったような雄叫《おたけ》びをあげながら、ザラバザの身体《からだ》を引き裂いてゆく。跡形《あとかた》もないほど、細かく。

「カネル……」

我に返った米子が声をかけるが、カネルの行動は止まらない。

「やめて！　カネル、もうやめて！」

ザラバザだった肉片《にくへん》を投げ捨て、ふりむいたカネルが、米子の身体を片手でつかみあげる。食《く》らいつくような勢いで、引き寄せるが、それが米子であることを知ると、大きく腕を震《ふる》わせはじめた。

カネルの内側で、すべてを破壊《はかい》してしまいたいという、狂った感情が激しく噴《ふ》きだしていた。

それを強引《ごういん》に押し殺し、つぶやく。

「コメちゃん、コメちゃん……」

そして、笑っているような声をあげ、泣きだす。

駆《か》け戻ってきたシロが、米子にむかって叫《さけ》んだ。

「なんでもいいから早く、カネルさんを落ちつかせるんだ！　そうしないと、精神が奪《うば》われて、もう元の姿に戻れなくなるぞ！」

米子は右手でカネルの腕《うで》をさすり、左手であふれだす涙《なみだ》を拭《ぬぐ》いながら言った。

「待ってカネル……。今、笑ってみせるから。私、笑ってみせるから……」

10

「お帰り」

ジャムンを抜《ぬ》け、慌《あわ》ただしく小型航宙船の中へ帰りついたマリマに、奥から女がそう声をかけた。

「ただいま……」

不満気にそう答え、マリマは抱《かか》えていた機材を、ソファーベッドの上へ投げおろす。機械の腕を使ったとはいえ、抱えた機材の総重量は五十キロ近い。体力の限界である。

「乱暴ね。もっと大事に扱《あつか》ってほしいわ……」

「このくらいじゃ壊《こわ》れないわ。それに、大事なデータはこっちのディスク」

汗《あせ》で濡《ぬ》れた服を次々と脱《ぬ》ぎ捨てながら、マリマは一枚のメモリーディスクをテーブルの上に、そっと置いた。

そのまま、マリマはシャワールームへと歩む。

「どうマリマ、私の言ったとおりになったでしょ？」

水ではなく、洗浄《せんじょう》オイルのシャワーを浴びながらマリマは「ええ、そうね」とそっけなく答える。

「あら、なにかご不満？」

「気にしないで。技術者として、嫉妬《しっと》しているだけよ。いつものように……」

と怒鳴《どな》るように言って、乱暴に頭を洗う。

「どうマリマ？　そろそろはっきり返事を聞かせてくれてもいいんじゃないの？　私と手を組

むかどうか？」

「……そうね。いいわ。手を組むわ。で、これからどうするの？　このまま逃亡《とうぼう》するの？」

「準備が整うまで、マリマはベロルに戻《もど》っていた方がいいわ」

「そのデータを渡《わた》すの？」

「まさか。少し削《けず》るわ。マネしても召喚《しょうかん》が失敗するように。大天使の複数合体による召喚転生……、アマタケ君を遥《はる》かにしのぐ怪物《かいぶつ》を、いくらでも自由に作れる技術よ。……世界が変わるわ。その鍵《かぎ》を、私たちは握《にぎ》ったのよ」

女が笑う。

バスタオルを身体にきつく巻きつけて、マリマがイラついた口調でたずねる。

「で、いつまで待つの？　それから、なにをするの？」

「アマタケ君が完治するまでよ。私が知りたいのは、星天使カウラを吸収した彼が、どれほどの能力を持っているかってこと……」

「試《ため》して殺すのね？」

「まさか！　そこまではしないわ。私を助けてくれた命の恩人よ。でも、私の使い魔《ま》くらいにはなってもらうわ。新たな星天使と融合《ゆうごう》させる実験に使うのも、おもしろいかも……」

くすくすと笑う。

マリマは微《かす》かに身を震わせ、室内の温度を少しあげた。

「なんとなくわかって来たわ。ダリオ姉さんの最終目的。もういちど召喚衛星を建造して、最強の星天使を……」

「言わなくてもいいわ。私の目標は最初も今も、それだけよマリマ」

11

目を覚ますと、睨《にら》みつけるような米子の顔が目の前にあった。

(あれ？　コメちゃんがなんか怒《おこ》ってるぞ？　なんだろ？　なんかしたかなー？　怒られるほど、くだらない冗談《じょうだん》、言ったかなー？　それにしても、眠《ねむ》いや……。ああそうか。夢だ。なんか嫌《いや》な夢、見てるんだ……)

カネルは寝返《ねがえ》りをうって、顔をそむける。

けれど、すぐに気づいて目を見開いた。

寝《ね》ているベッドが、自室のベッドではない。

微かな消毒液の匂《にお》いのする白い布団《ふとん》と、白い手すりの付いたベッド。その横に点滴《てんてき》をさげる台が立っていた。

(病院？　どうして？)

なにが起こったのか思いだせない。

カネルは身体《からだ》を戻し、上から怖《こわ》い顔で覗《のぞ》きこんでいる米子を、見つめ返した。

「わかる？」

米子がそっと、問いかけて来る。

カネルはなんのことかわからず、戸惑《とまど》ったまま米子を見つめた。

「わかる？　私が誰《だれ》か？」

「コメちゃん……」

「自分の名前は？」

カネルは理解した。

「やだなーコメちゃん。記憶喪失《きおくそうしつ》にはなってないよ。僕の名前は瀞牧兼。十四歳。紅椿学園中等部二年。通称《つうしょう》ハイテンションのび太。頭の方だってだいじょうぶだよ」

身を起こしたカネルは、米子を安心させようと、笑顔《えがお》で軽く頭を叩《たた》いて見せた。

「ほんとに、どこも痛くない？」

それでも心配そうに問う米子に、カネルはいつものようにおどけた。

「うん、ぜんぜん。でも、あっ！　大変だ目が霞《かす》んでるぞー！　って、眼鏡《めがね》かけてないだけじゃん！　眼鏡、眼鏡。眼鏡ないと大変なんだよねー。この前なんか、眼鏡しないまま歯を磨《みが》こうとしたらさー、歯ブラシ、鼻の穴に突《つ》っ込んじゃうし。危ないから、眼鏡かけようと思ったらさー、これがまた、見つからないんだよねー。コメちゃんもあるよねー、いくら捜《さが》しても、なんか出てこないってこと。目の前が霞んでよく見えないせいもあって、ぜんぜん見つからない。そこで、ハッと気づいたんだ。そうだ、眼鏡をかけて捜そう！というわけで横にあった眼鏡かけたら、視界がすっきり！でも、いったいなにを捜してたのかぜんぜん思いだせないんだよねー。若年痴呆《じゃくねんちほう》にでもなったかと思って、あん時はマジであせったよー」

怒ったような表情で、じっと米子が見つめている。

カネルは頭をかいた。

「いやー、なんかそんなに真剣《しんけん》に聞いてもらう話でもないんだけどー。えーと、眼鏡の話はひとまず棚《たな》の上に置いといて。ところで、なんで僕、入院してるわけ?」

「カネル……」

米子がそっと、カネルの額に手をあてて、熱を測る。

「覚えてないの?」

撫《な》でるように米子は手を、額から頬《ほお》へとおろし、胸へ滑《すべ》らせ、カネルのパジャマのボタンを外しはじめる。かすかに震《ふる》える指で。

「カネル……、殺されたんだよ……」

鬼神《きしん》に踏《ふ》み潰《つぶ》された感触《かんしょく》を、カネルは思いだした。そこから、すべての記憶が次々と蘇《よみがえ》る。

米子が、カネルのパジャマの前を大きく開いた。虎《とら》のように、赤いシマ模様がカネルの胸や腹に残っていた。

踏み潰され、鬼神となり、そしてまた人の姿へ蘇生《そせい》した、その痕跡《こんせき》である。

「俺……、鬼神になったんだ……」

カネルはそうつぶやき、鬼神化したザラバザをかじり殺したことを思いだす。

吐《は》き気《け》がこみあげて来た。自分が、自分ではない怪物《かいぶつ》となって暴れた嫌悪感《けんおかん》とともに――。

米子がうなずいた。

「そう。カネル、鬼神になった。でも、戻《もど》ったよ。人に……」

はたしてそうなのだろうか？　カネルは疑問を抱《いだ》いた。そして自分の身体に起こっている変化を知った。

目を凝《こ》らすと、米子の着けているウサ耳の上に、不可思議な水晶《すいしょう》に似た光が浮《う》いているのが見えている。

米子の妖力《ようりょく》を高めている光だ。それがカネルにも見えるようになっている。

病室の中を見まわすと、エレメントの粒子《りゅうし》が、光りながら流れているのがわかった。

窓の外に目をやると、のどかな昼下がりの景色の中に、様々な妖怪《ようかい》たちの姿がはっきりと見えた。

ひとつ目の黒いフクロウのような妖怪が一匹《ぴき》、電線の上であくびをこぼしている。

大量の紙が、鳥の群れのようにぐるぐると空中を旋回《せんかい》している。

向かい側の病棟《びょうとう》の壁《かべ》からは、馬の首が突きでており、ときおり餅《もち》のように長く伸《の》びて、窓枠《まどわく》をかじる。

カネルは自分が、人の姿をした人ではない存在になってしまったことを知った。

「コメちゃん、やっぱり俺……、なんか……、妖怪になっちゃったみたいだ……」

こみあげて来る不安に、カネルの声が震えた。

米子は小さく首を横にふった。

「カネルはカネルだよ。だいじょうぶ。ずっとずっと、私がついてるから、だいじょうぶ」

そう言って米子が、はにかむように小さく笑う。

「あっ、コメちゃんが笑った……」

カネルはつぶやき、すべてを忘れ、茫然《ぼうぜん》と米子の笑顔に見とれた。

「うん……。私、今はまだぎこちないけど、もっともっと、上手に笑えるようになるよ」

（了）

# 外伝　真夜中の観覧車

## 1

紅椿ニュータウンから二駅離《はな》れた場所に、未来型テーマパーク、ザ・Lマックスがオープンしたのは西暦《せいれき》一九九九年十一月のことである。

一番の売りは、世界第一位、ギネス級の大観覧車「マックスホイール」だった。直径が百二メートル、高さ百十六メートル。

しかし、その三カ月後の二月一日にはイギリスに直径が百二十二メートル、高さ百三十五メートルの「ロンドン・アイ」が完成し、世界第二位に転落した。そのまた翌年には、東京に高さ百十七メートル、福岡に百二十メートルの大観覧車が造られ、世界で四位、日本で三位にまで下がってしまう。

そして不況《ふきょう》の影響《えいきょう》もあり、経営は徐々《じょじょ》に悪化した。

アトラクションを増設したりもしたが、思うように客足は伸びなかった。

そんなおり『ボルト脱落《だつらく》による観覧車の緊急停止《きんきゅう》』という不祥事《ふしょうじ》が、二〇〇三年の冬に発生する。これが致命傷《ちめいしょう》となり、二〇〇四年二月一日、Lマックスはついに閉園してしまう。現在、園は更地《さらち》に近い状態まで解体され、自慢《じまん》の大観覧車もその土台を残すのみとなっている。

紅椿学園の地下で治療《ちりょう》を続けていた丈斗は、そのことをまったく知らなかった。

霧山遊子より、地下から出て通常生活を許された丈斗は、なんの疑いも持たず、ナツメをデートに誘《さそ》ったのである。

Lマックスへ行こう、と——。

2

空間移動孔《ジャムン》によってロンドン市街に飛ばされたサヤと五郎八が帰って来たのは五日後のことだった。

「ハロッズのクリスマスプディングです。電子レンジで少し温めるとおいしいですよ」

五郎八は大量に買いこんだお土産《みやげ》を妖怪たちへ配り、サヤは「大英博物館」と「ロンドン・アイ」へ行った自慢話を披露《ひろう》した。

九堂が眼鏡《めがね》を押しあげながらサヤに言う。

「サヤさん、どうしてあなたからのお土産がひとつもないのですか?」

「てへっ」と笑ってごまかすが、サヤはヒースロー空港のチェックインカウンターで怒《おこ》られるほど、大量にピーターラビットのグッズを買いこんで来ていた。他者へのお土産を買う余裕《よゆう》など、まるでなかったのは明白である。

九堂は大きくため息をこぼしてから、

「……そんなことより。サヤさん、ついに決行です。日時は三日後の木曜、夜の九時です」

と微《かす》かに鼻息を荒《あら》くする。

一瞬《いっしゅん》、なんのことかサヤも理解できなかった。しかしすぐ、ポンと手を叩《たた》いた。

「もしかして、花丸の日ですか？　ついに！」

「そうです。その花丸日なのです！」

「場所は？」

「Ｌマックス」

「えっ？　なんもない跡地《あとち》で？」

「誘われた彼女も、すでに閉鎖《へいさ》していることを言い出せなかったようです。当人は今も、真実を知りません」

「あちゃー」

サヤがパチンと自分の額を叩く。

「なんのことですか？」

状況《じょうきょう》が読めない五郎八がたずねると、九堂とサヤが声を合わせて答えた。

「待望のLマックスデート！」

「雨神先輩《せんぱい》とナツメさんのですか？　よかったですねー。でも、閉鎖されているのを知らないまま行ったりしたら、雨神先輩がかわいそうです。すぐに教えてあげた方が……」

「ハーちゃんダメダメ。デート場所の下調べもしないアマタケが悪い。甘やかすと、アマタケのためにもなんないぞ。それに忠告したりしたら、なんでデートの日をハーちゃんが知ってるのか、ってことになっちゃう」

「あっ、そうですねー」

「サヤさんの言うとおりです。閉鎖を知っているナツメさんが了承《りょうしょう》した以上、これはふたりの問題。わたくしたちが余計な口を挟《はさ》むことではありません」

「はい、わかりました」

「それに、下手に忠告するとアマタケに警戒《けいかい》されちゃうし」

「そう、わたくしたちの隠密《おんみつ》行動がやり難《にく》くなります」

「隠密行動……？」

「やっと、これの出番のようです」

と、九堂が望遠レンズ付きのデジタルカメラを取りだす。

「よーし。特注の黒ウサギルックでGOなのだ、ぴょーん！」

と、サヤも全身真っ黒のウサギのコスチュームをクロゼットの中からひきずりだす。

五郎八が目を丸くした。

「ということはもしかして、デートをのぞきに……？」

「のぞきとは失敬な。これも、わたくしたちに課せられた任務」

「任務？　……なんですか？」

「病《や》みあがりの雨神さんを、付かず離《はな》れずしっかり見守るように、と霧山先輩から新たな命令を受けています。よって、これはまぎれもなく任務です！」

「……そ、そうなんでしょうか？」

「ちなみに当日は、霧山先輩もメラ星から駆《か》けつけます」

「霧山先輩もですか！」

「よーし。皆《みんな》で、お弁当もって見学だー！　あっ、嫌《いや》ならハーちゃんだけ来なくてもいいよ」

「そうです。今回のこの任務、はずれることを許可します」

「いえ、行きます行きます。任務なら、しょうがないですから」

「そうそう。任務任務」

「では今後、この話題は『マル』というコードネームで呼びましょう。わたくしたちの行動、絶対に雨神さんにさとられてはなりません。いいですね」

「了解《りょうかい》！」

3

そして『マル』日、当日——。

夜の街を、ほろ酔《よ》いかげんでぬらりひょんがゆく。いつものように居酒屋の宴会《えんかい》にまぎれこんで、ただ酒を呑《の》んで来たところである。

ぬらりひょんに同席された人々は「なんだか今夜は、酒や肴《さかな》の減りが早い」とは思うものの、隣《となり》で妖怪《ようかい》が呑み食いしているとはなかなか気づかない。

中には妖力の多少ある人間がおり、存在に気づき「ところで、あなたは誰《だれ》ですか?」という質問をすることもある。

すると——、

「ほっほっほ。誰だと思います? 当ててごらんなさい。まあまあそんなことより、さあさあもう一杯《いっぱい》」

などとごま化し、酒をつぐ。そのあとは宴会が異様に盛りあがり、酔いも進むため、最後はどうでもよくなってしまうのである。

翌日、

「きのうおまえの横に座ってたあのじいさん、誰?」

「えっ？　じじいなんか居たか？　知らないよ。それにしても、昨夜《ゆうべ》は楽しかった」

「ああ、確かに盛りあがったなー」

という会話で終わってしまう。

こんなふうに、ぬらりひょんは方々でただ酒、ただ飯を食らっている。それでいて、人に恨《うら》まれることがない。

妖怪の世界においても同じで、恨んだり悪く言ったりする者はそういない。ぬらりひょんが、温厚《おんこう》で争いを好まず、相談ごとを持ちかけると親身に知恵《ちえ》を授《さず》けてくれるからだ。

しかしその夜、電柱の陰《かげ》から鋭《するど》い殺気をぬらりひょんにむける者があった。

ここ数百年、そんなことは一度もなかったことである。

ぬらりひょんは小さく身震《みぶる》いしたのち、

「おや、なかなかよい松の木が……」

などと言いながら、道から民家の庭へ逃《に》げこもうとした。

「こら待て、じじい！」

呼び止め、電柱の陰から現れたのは、サングラスをかけたひとりの女性である。大きな胸を支えあげているかのように、胸の下で両腕《りょううで》を組んでいる。

「おやおや、これはこれは霧山さん、お久しぶりです。しかるに、妖怪の総大将と呼ばれる私をつかまえて、じじいとは、ちょっとばかし……」

「言うことはそれだけか、クソじじい？」

怒《いか》りの炎《ほのお》を燃えあがらせて、霧山遊子がぬらりひょんへ近づく。

「いやいや、まあまあ。なにか、ずいぶんとご立腹のようですねー。わたくし、なにかしましたでしょうか？」

「ほほーっ、忘れたと？」

「いやー、最近どうも物忘れが激しく……。もしかすると、これはアルツハイマーかも。などと……」

「じいさん私に言ったよね？　安全確実、一石二鳥の作戦だと」

「さてさて、なんのことやら……」

「とぼけんじゃねーよ！」

「いけません。結婚《けっこん》前のうら若き女性が、そのような汚《きたな》い言葉を。いけませんで、ございますよー」

めずらしく、ぬらりひょんがうろたえている。

「カネルの件だよ！」

「あー、はいはい。カネル鬼神《きしん》化作戦のことですね？　作戦どおり、カネル君はみごと鬼神と化し、めでたしめでたしでございますねー」

「確かに、作戦は成功かもしれないけどさー。でもね、ここまで状況《じようきよう》が悪くなるとは、ほんと、計算外だった！」

霧山は大きくため息をついた。

ピョトルたちが地球での大天使召喚《しょうかん》転生を企《たくら》んでいるとの情報は、霧山たちは早い段階から得ていた。ベロル内部に潜入《せんにゅう》している仲間のスパイは、ひとりふたりではない。

待ち構えて、地球へ降りる前に、捕《つか》まえることはたやすいことだった。

それに待ったをかけて、別の作戦を持ちかけたのがぬらりひょんだった。

それが、カネル鬼神化作戦である。

『雨神さんと同じですよ。遅《おそ》かれ早かれ、妖怪となるか、妖魔《ようま》に食われてしまうかする少年なのです。ですから、この作戦はカネル君のためにもなるのですよ』

最初に、カネルに妖怪化の危険性があることを見抜《みぬ》いたのも、ぬらりひょんだ。

妖力を高めるアイテムをなにも持たないにもかかわらず、カネルはしだいに妖怪が見えるようになった。そのことにも、妖怪化の素養がはっきりと現れている。

『カネル君を鬼神化させればもう、ベロルはおいそれと雨神さんを狙《ねら》うことができません。そして雨神さんが完治し、カネル君と力を合わせれば、それはもうすごいことに……』

でも……。と渋《しぶ》る霧山に、ぬらりひょんは言ったのである。

『安全確実、一石二鳥の作戦』と──。

確かに、当初の計画ではそうだった。

まず、妖魔術クラブのメンバーにはなにも知らせない。裏でピョトルたちの行動を助けて敵を油断させる。

その役目を果たしたのが、フェレット鬼《おに》のシロだった。ベロルに寝返《ねがえ》ったふりをしたシロが、学園を覆《おお》った結界の内部にピョトルたちを引き込んだのである。

ヌイグルミのユウを裏庭にある車輪で挟《はさ》んでしまったのも、カモフラージュ用の妖魔エレメントを誤って破裂《はれつ》させてしまったからだ。

いずれにしろ、そこまでは順調だった。

計画ではその後――、

妖魔術クラブのメンバーはなにも気づかず、ピョトルたちはこっそり召喚転生に着手する。油断しているそこへ、ワームホールに隠《かく》れていた正規軍と霧山が急行し、ピョトルたちを捕《と》らえる。

それからカネルの了承《りようしよう》を得て、鬼神化をほどこす。

――と、なるはずだった。

しかし、計画は大きく狂《くる》った。

そのはじめが、水鬼たちのようなベロルに手を貸す妖魔たちの存在である。これによって、なにも知らせていない妖魔術クラブのメンバーが、ことの重大さに感づいてしまった。

そして、米子の誘拐《ゆうかい》――。

彼女を助けるための、丈斗の早期覚醒《かくせい》――。

当然のごとく、ピョトルたちは警戒《けいかい》を強めた。

結果、幽鬼《ゆうき》による全面対決、ワームホール出口の爆破《ばくは》へと発展してしまう。

特に、ワームホール出口の爆破は、内部で待機していた正規軍の動きを、完全に封《ふう》じるものだった。

「霧山さん、人生における計算などというものは、そうそう合うものではございませんよ。結果オーライで、よいではございませんか？」

「でもね。若い子が皆《みんな》、死にかけたんだよ」

「さようですねー。それについては、このじじいにも責任があると、深く、胸を痛めておりますよ」

言いかえれば、自分だけの責任ではないということである。

そのとおりであるため、霧山も続く言葉がない。

内心、霧山はすべての責任が、自分にあると思っている。

（もっとよくワームホールの内部を調べておけば……。軍の一部を外に待機させておけば……。はじめから、メンバーに真相を伝えていれば……）

という後悔《こうかい》ばかりが、頭の中を巡《めぐ》るのだ。

そして、カネルたちに顔むけできないどころか、もはや真相を話せる状況にないことが、霧山を苛《いら》だたせている。

その憂《う》さを、ぬらりひょんにぶつけているだけなのも、霧山自身わかっていることだった。

「もう、いいじゃありませんか。すべて、終わったことですよ霧山さん。結果オーライ、めでたしめでたし、ということで」

「でもね、カネルはこれからだよ。人間に戻《もど》って、鬼神化の兆候が消えてる。もしかすると、もう二度と鬼神化しない可能性も……」

「しっ！」

ぬらりひょんが唇《くちびる》に指を当てて、霧山の言葉を封じる。

「今のところベロルはそう思ってませんよ。雨神さんが完治するまで、それも、私たちだけの秘密としておきましょう。あとのことは、それから……」

気配に気づいて、ぬらりひょんが顔をあげると同時に、霧山のヘアバンドが鳴りだした。

妖怪の一団が来る。百、二百の数ではない。数千――、いや、万に近い数である。

身を寄せあってつながるその姿は、巨大《きよだい》な玉だった。地響《じひび》きをあげ、国道を転がり進んでゆく。

なにも知らないドライバーたちが、少しも気づかないまま車を止めて、妖怪たちを通す。

「なにあれ？」

霧山が声をあげてふりむくが、そこにはもう、ぬらりひょんの姿は無かった。

# 4

「こちらサヤ。ターゲット発見！　Ｌマックス正門跡地《あとち》前です。ターゲット、愕然《がくぜん》としてます。ちなみにまだ、手もつないでません」

『了解《りょうかい》です。こちらも動きます。隠れ蓑《ステルスシート》で気配を消しているとはいえ、目視による発見は可能なのですよ。間合いに充分《じゅうぶん》、気をつけるように』

九堂の言葉に小声で「了解！」と答え、黒いウサ耳を折り曲げて押さえながら、サヤが物陰《ものかげ》から物陰へと走る。

「あれ？　今、むこうの方でなんか動かなかったか？」

丈斗がふりむいて言うが、ナツメは「えっ？」と小さく首を傾《かし》げた。

「枝が揺《ゆ》れただけか？」

「行こう。丈斗くん」

ナツメは微笑《ほほえ》みながら丈斗の手をとり、瓦礫《がれき》のような土台ばかりの残っている園内へとひっぱる。

左手は、汚《よご》れないように白いワンピースの裾《すそ》を軽くつまんでいる。初めてのデートの時に着ていたのに似た服装だ。

けれど、あの時とはまるでその雰囲気《ふんいき》がちがっている。それを着ているナツメが、確かな瞳《ひとみ》を持つ、ひとりの大人へと成長しているからだ。

儚《はかな》さはまだ残っている。けれどその視線は、自分の進むべき未来をしっかりと見すえていた。

霧《きり》のように「不安」や「迷い」が前を覆《おお》ってはいるが、ナツメは前へ歩む。内から溢《あふ》れでる意識《エレメント》の力を、静かにほとばしらせながら——。

その美しさに丈斗は見とれ、コンクリートの塊《かたまり》につまずきそうになる。

ナツメの手が丈斗を支えた。

「だいじょうぶ?」

「ゴメン……、俺、ここがつぶれてるなんて、ぜんぜん……」

丈斗は門の前に立つまで、Lマックスが無くなっていることを知らなかった。

「謝らないで。私は知ってたよ。でも、ここに来たかったの」

「どうして?」

「丈斗くんとの、ずっと前からの約束だったから……」

「確かに、約束した。でも……」

「なんにも無くても、ここに来ないといけないような気がしたの。ここが私たちの、再スタートの場所。ゼロ地点。そんな気がしたの。だから……」

「……うん、そうだな。ゼロ地点だ。それにしてもほんと、もうなんにも残ってないな、ここ」

瓦礫を縫《ぬ》うように進む小道があるだけで、座れるベンチひとつ残っていなかった。

さらに、空は今にも雨が降りだしそうな厚い雲に覆われており、月も星も見えない。国道に並んでいる街灯だけが、爆撃《ばくげき》を受けたような跡地をぼんやりと照らしている。

とても、ムードあるデート場所などではない。

それでも――、

「でも、丈斗くんといっしょだから、私、楽しいよ」

それが本心であることは、ナツメの笑顔《えがお》を見ればわかる。

丈斗は少し照れた笑いを見せてから、高台を指さした。

「観覧車のあった場所に行ってみるか？」

「うん」

ふたりは手をつないだまま、観覧車があった高台へと歩む。

話したいことが山のようにある。けれどふたりは、言葉をかわすことができず、ただ黙《だま》って明かりのない暗い道を歩んでゆく。

(あのな、ナツメ……、俺……。えーと)

丈斗はその重要な話を、どう切り出していいのかわからない。

それはナツメも同じだった。

(あのね、丈斗くん、私……。あのね、大切な話があるの……)

(今すぐってわけじゃないけど、俺、考えていることがあるんだ。身体《からだ》が元に戻《もど》ってからのことだし、後輩《こうはい》のこととかもあるから、少し先になるけど……)

(あのね丈斗くん、私、妖魔術《ようまじゅつ》の勉強してるの。霧山さんに勧《すす》められて……。少しでも、丈斗くんの力になれるかもしれないって思って……。今はまだぜんぜんだけど。それでね、本格的に勉強するなら、ここじゃなくて……)

(俺、もっと自分の身体のことや、妖魔術のこと、勉強したいんだ。そうするにはやっぱり地球じゃなくて……)

(だから丈斗くん、私……、私ね、メラ星へ行こうと思ってるの)

(ナツメ、俺……、メラ星に……、メラ星に行こうと思ってるんだ)

(今すぐってわけじゃないよ。それに丈斗くんが反対するなら、私……。でも、妖魔術の勉強はずっと続けるよ)

(だから俺、その、ナツメにも……、ナツメにもいっしょに来て欲《ほ》しいんだ。メラ星に)

(どうかな？　丈斗くんがすごく反対するなら、私、メラ星はあきらめるよ。もう離《はな》れ離れになるのは嫌《いや》だし。でも、私、強くなりたい。丈斗くんを守れるくらいに……)

高台へ続く階段の下へ来た。立ち止まったふたりは、意を決して同時に口を開き――、

「あのね丈斗くん……」

「えーと俺……」

言葉がぶつかった。

「なに、丈斗くん？」

「いや、後でいいよ……。で、なに？」

「えーとね……。えーと、うん、やっぱり丈斗くんの話から、先にして」

「ああ……。あのな……。その……」

あたりを震《ふる》わせて唸《うな》るような、大量の妖気を感じた。万という数に近い、妖怪《ようかい》たちの群れである。

あきらかに、後方から自分たちの居る場所へ迫《せま》って来ている。

ふたりは息を飲み、ふりむいた。

巨大《きょだい》な球が転がって来る。

(敵？　いやちがう……)

興奮してはいるが、殺気はない。なにか大きな祭りを行っているように思えた。しかしそんな話、丈斗は少しも耳にしていない。

先行して懐《なつ》かしい気配が、丈斗の前へ駆《か》け寄って来た。

モーギとミョウラである。

「ハーイ、おまたせ！」

「おう、丈斗！　どうやら間に合ったようだな」

荒《あら》い息を吐《は》きながらモーギは、その肩《かた》に抱《かか》えていた金属の束を地面におろす。

公園などによくあった箱型のブランコである。むかいあうベンチ型のシートに座り、中で漕《こ》ぐ、詰《つ》めれば四人ほど乗れるブランコだ。

モーギはその内側の箱部分だけを、どこからか持って来たのである。

「さあ、遠慮《えんりょ》せずに乗れ」

とモーギが、箱ブランコを竿《さお》のような金属の棒の先に吊《つ》りさげる。

丈斗は目を丸くした。アトラクションがなにも無いとはいえ、いくらなんでもモーギの吊った箱ブランコに、ナツメとふたりで乗る気はしない。

「ちょっと待ってくれよ。気持ちはありがたいけど、いくらなんでも、それは……」

「さあさあ、いいからいいから」

ミョウラが丈斗たちの後ろにまわり、強引《ごういん》に箱ブランコの方へと押しだす。

「丈斗、そしてナツメ。これが皆《みんな》の気持ちだ。こんなことぐらいしかできないが、楽しんでくれ」

手をかかげたモーギの背後から、妖怪の一群が迫る。

それは電飾《でんしょく》のようにエレメントの光を散らす、直径百メートルほどの巨大な車輪――。

何千もの様々な妖怪たちが、身を寄せ合い、組み合わさって作られた、巨大な妖怪の観覧車である。

そのかたまりを、力のある妖怪たちが押し、空を飛べる妖怪たちが支え、丈斗たちの元へと転がって来る。

ミョウラが黒いシートを広げ、箱ブランコの反対側を覆《おお》う。

「ほら、これで妖怪たちを気にしなくていいでしょ？」

「本物の観覧車だと思って乗ってくれ。風神と雷神《らいじん》にも、ここの空だけ雲を退《ど》かすように頼《たの》んでおいた」

観覧車を形成する妖怪たちが、声を合わせて陽気に歌いだした。

歌は『幸せなら手を叩《たた》こう』――。

手が離せない者は、代わりに尻尾《しっぽ》や舌を鳴らして音をだす。

重なったその轟音《ごうおん》が、転がる巨大観覧車の地響《じひび》きと相まって、あたりを震わせる。

そして、勢いをつけた観覧車が高台へと駆け登る。

今はなにも無い、Lマックスの大観覧車があった場所へ――。

高台へ駆け登ったはいいが、勢いがあり過ぎたため、妖怪観覧車が反対側へ落ちそうになる。

「うおー！」「ひゃー！」という悲鳴をあげ、観覧車が大きくいびつに変形した。

あわてて反対側へ走った怪力自慢《じまん》の妖怪たちが、それを辛《かろ》うじて押し止《とど》める。

どうにか堪《こら》えて「ふいーっ！」「やれやれ」と、妖怪たちが冷や汗《あせ》を拭《ぬぐ》う。

落ちていたなら、斜面《しゃめん》を一気に転がり、海の方まで行っていたかもしれない。

(ありがたいけどさ……。マジで、だいじょうぶなのかよ?)

一抹《いちまつ》の不安を覚え、丈斗の顔が曇《くも》った。

それを見たモーギが、大きく息を吸いこんで怒鳴《どな》る。

「いいから、さっさと乗れ! 皆の気持ちだ!」

「あ、いや、うん……。ありがとう」

揺《ゆ》れる箱ブランコを押さえて、丈斗はナツメの手を取った。

「ありがとうございます」

とナツメが、モーギや観覧車の妖怪たちへ頭をさげ、箱ブランコのシートに座る。

丈斗も座った。ナツメの前のシートへ。

「揺れるぞ。しっかり、つかまっておけ」

ふたりを乗せた箱ブランコ、それを吊った棒を軽々と肩に担《かつ》いで、モーギが階段を駆けあがってゆく。

丈斗は不安そうに、中からブランコを支えて揺れを抑《おさ》えるが、ナツメは楽しそうに笑っている。それを見て、丈斗も苦笑《くしょう》する。

妖怪たちが、陽気にまた歌いだす。

棒が妖怪観覧車へ差し込まれ、箱ブランコが固定された。見た目は貧弱《ひんじゃく》だが、一晩限りのふたり専用、妖怪大観覧車の完成である。

「回すぞ丈斗」

「ああ」

丈斗がうなずくと、『星に願いを』をハミングしながら、妖怪大観覧車がゆっくりと回りだす。

「行ってこい！」

「楽しんでね！」

ミョウラとモーギが手をふる。

観覧車のゴンドラにくらべ隙間《すきま》が多く不安ではあったが、回りだしてしまうと、すぐに馴《な》れた。そしてしだいに、本物の観覧車に乗っているような気がしてくる。

ふたりはしばらく無言のまま、恥《は》ずかしそうに外の景色を眺《なが》めた。

遠くに街の明かりが見える。紅椿ニュータウンの光である。

丈斗が家族たちと住んでいた頃《ころ》は、家の明かりもまばらで、あき地も多かった。けれど今は、倍以上の家々の明かりで街が輝《かがや》いている。

上にあがるにつれて、宝石をちりばめたような街の明かりが、川の流れのように山や森をよけて遠くへ続いているのがわかる。

「あのあたり、紅椿学園？」

ナツメが指さす。

「点滅《てんめつ》してる赤いのが電波塔《とう》だから……。うん、そうだな。そのむこうを流れてるのが、高速道路で……」

「丈斗くん、私ね……」

「なに？」

「あのね……」

そのままナツメは沈黙《ちんもく》する。

「いいよ。いいにくいことなら、今は言わなくても」

「でも……」

「じゃあ観覧車、降りてからで、どう？」

「うん、そうだね。そうする」

馬首山のてっぺん付近に、いくつかの明かりが見えた。丈斗は思いだした。

ひとりの少女を妖怪《ようかい》と化した父親といっしょに、撃《う》ち殺したことを——。

丈斗の暗い表情を見て、ナツメが不安そうな視線をむける。

「丈斗くん……」（もう気にしないで、あれはしかたなかったことだよ）

丈斗は黙《だま》ってうなずいた。

馬首山の一件を丈斗が口にすれば、ナツメは姉を事故死させたことをもちだすだろう。

罪──。

言い出せばきりがないほどの罪を、丈斗は背負っている。まず、ナツメを人に戻《もど》すため、更生《こうせい》させられたかもしれない妖魔《ようま》たちを数多く殺している。

それだけではない。星天使カウラを体内に同化させたことにより、カウラの罪がそのまま、丈斗のものとなっているのだ。

リリスとの安息の地を求め、カウラは莫大《ばくだい》な時の中で、多くの命を奪《うば》っている。カウラを敵《かたき》と狙《ねら》う者があった場合、その矛先《ほこさき》は確実に丈斗へとむくだろう。

もしも神が丈斗を罰《ばっ》するなら、たったひとつの命だけで償《つぐな》えるものではない。

(俺はその全部を、了承《りょうしょう》したはずだ。今さらなんだ……。俺は俺のやり方で……)

──罪を償う。そう丈斗は心に決めていた。

まわる観覧車が、ふたりを真上の位置へと運ぶ。

天空を覆《おお》っていた雲が左右に開き、眩《まばゆ》い下弦《かげん》の月光がナツメの白い頬《ほお》を照らしだした。

今にも泣き出しそうな瞳《ひとみ》が、まっすぐ丈斗を見つめている。

(俺はナツメを守らなきゃならない……。この星の妖怪たちも……、人々も……、メラ星の人も妖怪も、すべて。すべての命を……。俺は……)

丈斗は覚悟《かくご》を決める。

ナツメを見据《みす》え、穏《おだ》やかな口調で言った。

「ナツメ、俺のそばにいてくれ。ずっとずっと、永遠に……」
微《かす》かに肩《かた》を震《ふる》わせて、ナツメは「はい」と小さく答えた。
どちらともなく、両腕《りょううで》が相手を求めて差し出される。
ふたりは身体《からだ》を引きよせあう。
時を止め、永遠の中へ沈《しず》みそうなほど——、
強くやさしく、互《たが》いを抱《だ》きしめる。
そして——、
そっと、ふたりの唇《くちびる》が重なる。
観覧車がいっせいに、甘いため息をこぼした。

「うぴょーん！　ついに！　ついに！　ふたりが、せっぴょーん！」

双眼鏡《そうがんきょう》でのぞいていたサヤは、興奮で口が回らなくなっていた。

国道の反対側に位置したビルの屋上である。観覧車から多少の距離《きょり》はあったが、遮蔽物《しゃへいぶつ》がなく、完ぺきな激写ポイントなのだ。

さきほどまでサヤひとりだったのだが、その背後に、こっそり近づく影《かげ》がある。

「コラ、ウサギ娘《むすめ》！　のぞきとは不謹慎《ふきんしん》な！　逮捕《たいほ》するぞー」

霧山遊子である。背後からサヤに抱きついた。

「あっ、意外と増量してきてるじゃん。よしよし。じゃあ、今夜のところはこのへんで撤退《てったい》だ」

ついで、その貧乳《ひんにゅう》をもみしだく。

「う、キャー！」

霧山の腕を払《はら》ってサヤがふり返ると、そこには九堂や五郎八の姿もあった。

そしてさらに奥の方には、モーギやミョウラ、遊天童子や月華、ぬらりひょんといったいつもの妖怪メンバーたちがそろっていた。

いつのまにか畳《たたみ》が広げてあり、すでに宴会《えんかい》の準備もできている。

「おい、ウサギ！　こっちに来て、おまえも呑《の》め！」

とモーギが湯飲みを突《つ》きだす。

「サヤちゃんの好きな焼酎《しょうちゅう》『いねむり兎《うさぎ》』もあるわよ」

ミョウラが瓶《びん》をふる。

「おっと、かたじけねえでござんす。ふたりを肴《さかな》に、一杯《いっぱい》というわけでござんすですね？　これはこれは、おぬしらも悪よのー」

「ちがう。ふたりのための祝杯《しゅくはい》だ！」

と、遊天童子が言うが、その横に天体観測用の大型望遠鏡が立っていては、少しも信憑性《しんぴょうせい》がない。

「さあさあ、皆《みな》さん、とにかく乾杯《かんぱい》ですよ！　乾杯！」

ぬらりひょんが場をしきって、強引《ごういん》にグラスや湯飲みを配り歩く。

「あ、私、ソフトドリンクでお願いします」

「ではわたくしはウーロン茶を」

「それで、乾杯の音頭は誰《だれ》が……？」

「誰でもいいから、早くしろ！」

「では、ここはひとつ、霧山さんに」

霧山が酒を満たした湯飲みを高くかかげた。

「皆《みんな》、持った？　じゃあ、本日はアマタケとナツメのために、このような場を……」

「あ！　しまった！」

突然《とつぜん》、サヤが声をはりあげる。

「どうしたのですかサヤさん？」

「この日のために用意した大切なモノ、アマタケに渡《わた》すの忘れてたー！」

「大切なモノ？」

ごそごそとウサギリュックの中をかき回し「じゃじゃーん！」と得意げに、それを取りだす。

「明るい家族計画の必需品《ひつじゅひん》。サヤ特製、ウサ耳つきコンド……」

電光石火の早業《はやわざ》で、全員のハリセンがサヤの頭に炸裂《さくれつ》する。

病院のベッドの上、ぼんやりとその音を耳にしたカネルが、寝《ね》ぼけ頭ですばやく飛び起きた。

「……って、なんですか、それ！」

と、条件反射で中空に突っ込みを入れると、気絶するように倒《たお》れ、眠《ねむ》りに落ちた。

嬉《うれ》しそうな笑《え》みを浮《う》かべて――。

（了）

# あとがき

岡本賢一

さて、あとがきである。今回は作家の長嶋有《ながしまゆう》氏に解説を付けてもらえることになった。ありがたい。

スニーカー文庫に解説が付くことはめずらしい。「ジャンルとして奥行きを持たせるには、やはり解説が必要だ」という作家の伊吹秀明《いぶきひであき》氏の口車に乗せられ、ダメもとで担当に打診《だしん》したところ、サクッと了承《りょうしょう》が得られたのである。めでたい。

前回のような「あとがき」を書かれるのを、よほど恐《おそ》れての了承だったのかもしれないけど。ともかくここに前例が作られたのである。他の作家の方々も、必要と思えるならば、ぜひ解説を付けることを担当に打診して頂きたい。

解説が入るから「あとがき書かなくてもいいから、らくちんだなー」と、だらけていたら、担当に蹴飛《けと》ばされた。「長嶋先生はスニーカーの読者に馴染《なじ》みの薄《うす》い純文学作家です。あとがきで、きっちりと紹介《しょうかい》してください」というわけで、長嶋有氏をきっちりと紹介してみよう。

氏は一九七二年に生まれたらしい。見ていたわけではないので保証はできない。現在は髭《ひげ》を生やしていたりいなかったり。いや、髭の話はさて置こう。作品である。「猫袋小路」という作品が……、いやこれはデビュー前の作品だ。デビューは確か、数年前にどこぞの新人賞を「サ×××ーに犬」というタイトルの……、えーと、ほら、キカイダーが乗ってたバイクで、なんだったかなー。バイクの横にもうひとつ乗るところが付いてる、あれだよあれ……。えーと、まあいいや。

そんでもって次の作品で芥川賞《あくたがわ》を受賞した。タイトルが、えーと『猛×××で母は』……。ほら、キアヌ・リーブスが出ていたアクション映画で、2から出なくなったやつ……。あのタイトル……。えーと、……なんだったかなー。ともかく！　おもしろいから読め！

よし。こんなところだろう。

「てぇーい！　なんなのですか、そのいい加減な紹介は！」

ゲシ！　ゲシ！　ブチュ！

「九堂先輩《せんぱい》ストップ！　ストップです。せっかく蘇生《そせい》した作者さんが……」

「五郎八さん、情けは無用です。幽鬼《ゆうき》のごとく自己蘇生した作者は、もはや人ではありません。それにこのようなふざけた紹介、断じて許しておけません！」

「まったくだー！　というわけでハーちゃん、ちゃんとした紹介、よろしく！」

「はい、わかりました。長嶋有先生は、二〇〇一年に「サイドカーに犬」で第九二回文學界新《ぶんがくかい》人賞を受賞してデビューされました。翌年『猛スピードで母は』で第一二六回芥川賞を受賞されています。最新作は『パラレル』（文藝春秋刊）です」

「わたくし、先生の作品はすべて読んでおります。家庭崩壊《ほうかい》という重いテーマを軽《かろ》やかな文体で描《えが》き、読み終わると、切なさの中にすがすがしさを感じる珠玉《しゅぎょく》の作品ばかり。お勧《すす》めです」

「うぴーん、さすが九堂先輩。そこで死んでる作者とは雲泥《うんでい》の差だー」

「サヤさん、感心している場合ではありません。紙面も残りわずか、新シリーズ㋹についての謎《なぞ》を、サクサクと検証しなくてはなりません」

「はい。ではまず、タイトルのワラキズって、どういう意味なんでしょう？」

「それについては調査済みです。担当編集の自白では『笑う鬼神と傷のある少女』の略、とのことです。しかるに㋹については謎です。担当も編集長も最後まで口を割りませんでした」

「それはもしかすると、本当に意味を知らなかったからじゃないでしょうか？」

「……そうかもしれません。誠《まこと》に、かわいそうなことを……。だとすると、そんないい加減な企画《きかく》で、よくぞ通したものです」

「まったくだ！　それにしても㋹ってなに？　流転《るてん》の㋹？　リニューアルの㋹？　カネルの㋹？」

「この作者さんのことですから、意味なんて、ぜんぜん考えてなかったりして」

「……まあ、今のところはよしとしましょう。いずれ、わたくしが口を割らせます。それまではシリーズの存続を祈《いの》りながら、作者の言動に充分《じゅうぶん》注意しましょう」

「そうそう。油断は禁物。今だって、死んだふりでハーちゃんのスカートの中、覗《のぞ》こうとしているのかもしれないぞー」

し、しまった。バレてる！

「きゃーっ！」「てえーい！」「この腐《くさ》れ外道《げどう》ー！」

ちゅどーん！　ちゅどーん！　ちゅどーん！

「こんなこともあろうかと、新型エレメントガン、用意しておいて正解でした」

「でも九堂先輩、作者さんが綺麗《きれい》さっぱり、雲散霧消《むしょう》しちゃってますけど」

「気にしない気にしない。あっ、でも吸い込むと身体《からだ》に毒かも。換気扇《かんきせん》も回しておこう」

かこん。ぶおぉぉぉぉーん。

「……では、帰りましょう」

「はーい」

# 解説　イノセントの人

長嶋《ながしま》　有《ゆう》

「猫丸《ねこまる》」さんの小説の「解説」を書くというのは、なんだか感無量です。

猫丸さんというのは、岡本賢一《おかもとけんいち》さんのこと。もう十年以上前に（と、そう言葉にしてみて年数に驚《おどろ》くのだけど）岡本さんがパソコン通信のネット上で名乗っていたハンドルネームが「猫丸」。

僕も猫丸さんも、パソコン通信上で行われた「パスカル短篇文学新人賞」に応募《おうぼ》するためにネットに入会し、そこの会議室（今のインターネットでいう「掲示板《けいじばん》」）で出会ったのだった。

パスカル短篇文学新人賞は、その応募作と選考委員の選評が公開されるという画期的な試みだった。選考委員の筒井康隆《つついやすたか》氏、小林恭二《きょうじ》氏は、箸《はし》にも棒にもかからないような作品まですべてに選評を書いた！

その選評と応募作をあわせて読むことがいかに勉強になったことか。

選考委員の評もさることながら、併設《へいせつ》された会議室で、応募者同士がディスカッションを交《か》わすことも出来た。ここでのやりとりも、もちろんスリリングだった。僕は応募者中、たしか二番目か三番目に若かったが、それでも特別扱《あつか》いされず、作品で評価してもらえるのが嬉《うれ》しかった。

皆《みな》、SFや文学には一家言ある様子だったが、パソコンは応募のために初めて覚えたような初心者ばかりで、初々《ういうい》しいムードもあった。大勢でわいわいと議論をしたり雑談を続けるうちに、いつしか「オフ会」の機運が高まった。

猫丸さんとは九四年の一月に、池袋《いけぶくろ》の「パスカルオフ」で出会った。猫丸さんの応募作「人食い岩」には、すでに選考委員が高得点をつけていて、最終選考入りは間違《まちが》いないだろうと我々は話していた。ファンジン大賞の受賞歴などの話もきいていて、我々からみればすでに実力者だったのだ。

尊敬のまなざしでおどおどと挨拶《あいさつ》をすると、猫丸さんは僕の応募作を「あれはいい！」と力強く絶賛したのだった。「あれには負けたと思った」とさえいってもらった。

「君は絶対にプロになれるから」猫丸さんは、オフ会の間ずっと、何度もそう繰《く》り返した。若い僕は、それをどれほど励《はげ》みに聞いたことだろう。

猫丸さんはこう付け加えることを忘れなかった。

「でも、書かないと駄目《だめ》だよ。書き続けないと。一日一枚でも、一行でも。一行書けば、一行すすむんだから」何度も何度もいうのだった（酔《よ》うとそうやってからむ人だと知るのはもう少し後だ）。

だけど、先にプロになったのは猫丸さんの方だった。第一回のパスカル短篇新人賞の結果すら待つことなく、その年にソノラマ文庫でデビューしたのだ。まばゆいような、誇《ほこ》らしいような気持ちだった。

それから十年、僕もなんとかかんとかデビューをして、純文学の小説を書いて暮らしている。あのときの猫丸さんの言葉のおかげだと思っている（言葉には言霊《ことだま》があるのだ）。猫丸さんも「書かないと駄目だよ」という言葉を自分に向けて、ずっと作品を発表している。インターネット上での猫丸さんの日記に「三枚」とか「一枚」と記されているのをみるたびに、オフ会での刻みつけるような言葉を思い出して、僕はかすかに胸が震《ふる》える。

「放課後退魔録」も欠かさず買ってはいたが、多忙《たぼう》になってしばらく積んであった。今回まとめて読んだ。パスカル応募作「人食い岩」で感じとれたものが、変わらずに描《えが》かれていた。「人を殺してはいけない。それはなぜか」という愚直《ぐちょく》な問いかけが。

「放課後退魔録」で岡本賢一を好きになった人なら、どうか現在は入手困難らしい、「銀河聖船記」や「銀河冒険紀」などのソノラマ文庫も探して読んでほしい。どの作品の主人公も、敵を殺すのすらためらう、イノセントな「甘さ」を抱《かか》えている。

今作では前半の敵、水鬼の台詞《せりふ》が印象的だ。「約束を守った」男を「食ってしまった」鬼《おに》の述懐《じゅっかい》。罪悪感ではなくてこんなことをいう。

「それからだ。なにもかもが、つまらなくなってしまったのは」。

なにもかもつまらなくなる。「殺生《せっしょう》を悪《あ》し」とする理由として、単純なようで凄《すご》みのある言葉だ。このぶっきらぼうな鬼の言葉は、ライトノベルの軽《かろ》やかなやりとりの奥に「人食い岩」の迫力《はくりょく》を感じさせる（「人食い岩」も、今や絶版らしい中公文庫『パスカルへの道』に収録されている。ファンなら古本屋を巡《めぐ》ってでも読んでほしい一作だ）。

猫丸さんは十年以上書くのをやめない。書くのをやめないというのは考えることをやめないということと同じだ。きっと次の作品でも、カネルと米子はそのイノセントな感性で悩《なや》むのだろう。命を奪《うば》う奪われるという、ものすごく青臭《あおくさ》く、でも基本的なことについて、いつまでも。

最後に余談ですが、僕の「妖怪目撃情報《ようかいもくげき》」も、猫丸さんのＨＰに載《の》ってます。どうぞ探してみてください。

〈初出〉

第一話　かぼちゃのプディング鮮血添え　「ザ・スニーカー」二〇〇四年六月号
第二話　渡る世間は鬼だらけ⁉　「ザ・スニーカー」二〇〇四年八月号
第三話　守護神・召喚！　「ザ・スニーカー」二〇〇四年一〇月号
第四話　鬼神と少女　「ザ・スニーカー」二〇〇四年一二月号
外　伝　真夜中の観覧車　書き下ろし

# 放《ほう》課《か》後《ご》退《たい》魔《ま》録《ろく》㋸

I. ワラキズ

岡《おか》本《もと》賢《けん》一《いち》

角川文庫 13623

平成十七年一月一日　初版発行

発行者――井上伸一郎

発行所――株式会社角川書店

東京都千代田区富士見二―十三―三

電話　編集(〇三)三二三八―八六九四

　　　営業(〇三)三二三八―八五二一

〒一〇二―八一七七

振替〇〇一三〇―九―一九五二〇八

印刷所――暁印刷　製本所――コオトブックライン

装幀者――杉浦康平



S 142-5　ISBN4-04-425905-4　C0193

# 角川文庫発刊に際して

角川源義

第二次世界大戦の敗北は、軍事力の敗北であった以上に、私たちの若い文化力の敗退であった。私たちの文化が戦争に対して如何に無力であり、単なるあだ花に過ぎなかったかを、私たちは身を以て体験し痛感した。西洋近代文化の摂取にとって、明治以後八十年の歳月は決して短かすぎたとは言えない。にもかかわらず、近代文化の伝統を確立し、自由な批判と柔軟な良識に富む文化層として自らを形成することに私たちは失敗して来た。そしてこれは、各層への文化の普及滲透を任務とする出版人の責任でもあった。

一九四五年以来、私たちは再び振出しに戻り、第一歩から踏み出すことを余儀なくされた。これは大きな不幸ではあるが、反面、これまでの混沌・未熟・歪曲の中にあった我が国の文化に秩序と確たる基礎を齎らすためには絶好の機会でもある。角川書店は、このような祖国の文化的危機にあたり、微力をも顧みず再建の礎石たるべき抱負と決意とをもって出発したが、ここに創立以来の念願を果すべく角川文庫を発刊する。これまで刊行されたあらゆる全集叢書文庫類の長所と短所とを検討し、古今東西の不朽の典籍を、良心的編集のもとに、廉価に、そして書架にふさわしい美本として、多くのひとびとに提供しようとする。しかし私たちは徒らに百科全書的な知識のジレッタントを作ることを目的とせず、あくまで祖国の文化に秩序と再建への道を示し、この文庫を角川書店の栄ある事業として、今後永久に継続発展せしめ、学芸と教養との殿堂として大成せんことを期したい。多くの読書子の愛情ある忠言と支持とによって、この希望と抱負とを完遂せしめられんことを願う。

一九四九年五月三日

──それでも、
ここで生きようと思った。
完全隔離下の戦場に送られた少年少女たち──
人はその地獄を「北関東隔離戦区」と呼ぶ!
ディバイデッド・フロント
DIVIDED FRONT
イラスト／山田秀樹
高瀬彼方
KANATA TAKASE
Ⅰ 隔離戦区の空の下
Ⅱ 僕らが戦う、その理由
スニーカー文庫
SNEAKER BUNKO

岩井恭平
イラスト:四季童子
強く、熱く、激しく――
究極のバトル・ゲームが起動する!
第6回角川学園小説大賞〈優秀賞〉受賞作
消閑の挑戦者
しょうかんのちょうせんしゃ
パーフェクト・キング
永遠と変化の小箱
シリーズ2冊、絶賛発売中!
スニーカー文庫
SNEAKER BUNKO

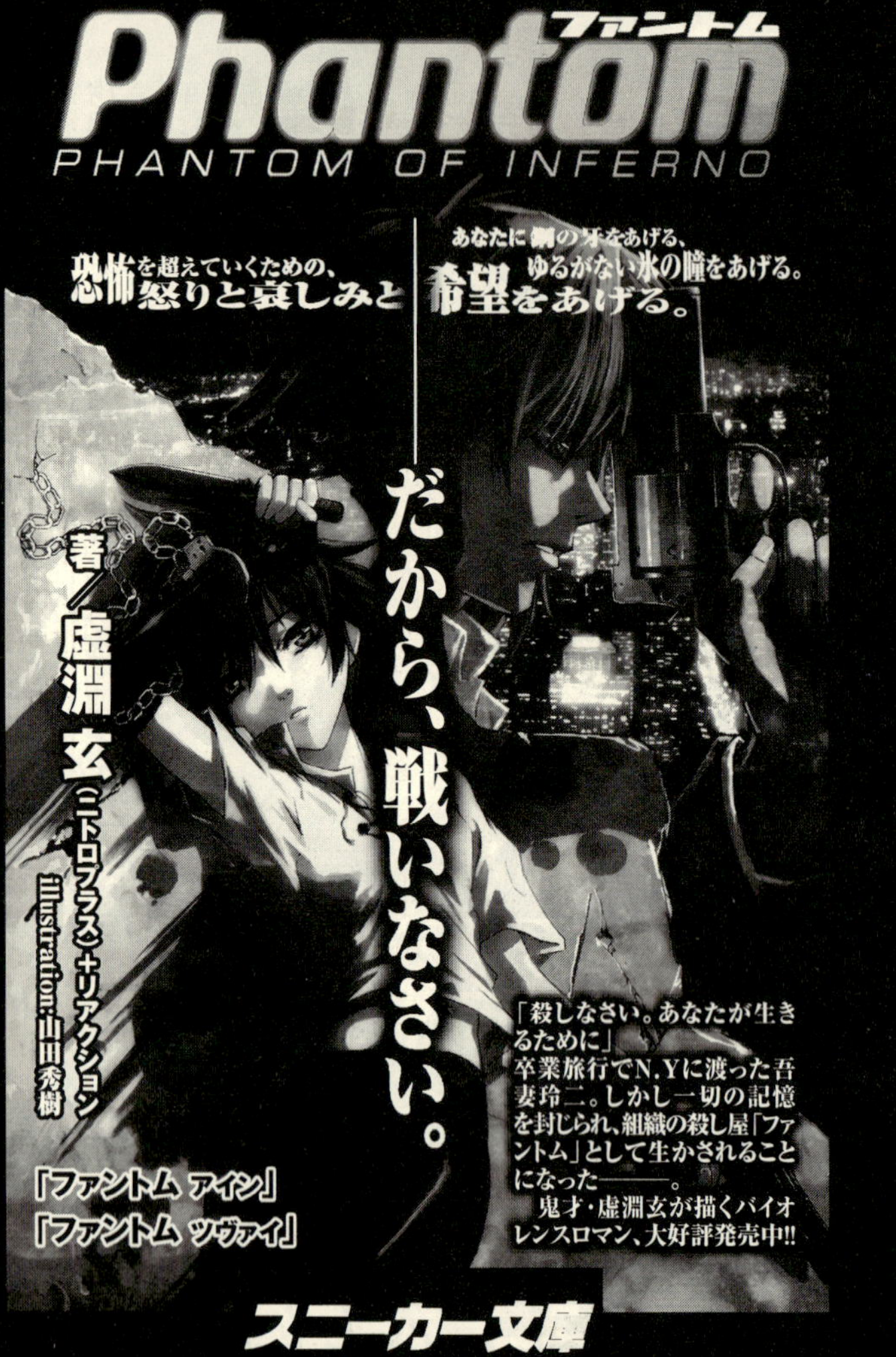
Phantom ファントム
PHANTOM OF INFERNO
恐怖を超えていくための、怒りと哀しみと
あなたに鋼の牙をあげる、
ゆるがない氷の瞳をあげる。
希望をあげる。
だから、戦いなさい。
著／虚淵 玄（ニトロプラス）＋リアクション
illustration:山田秀樹
「殺しなさい。あなたが生きるために」
卒業旅行でN.Yに渡った吾妻玲二。しかし一切の記憶を封じられ、組織の殺し屋「ファントム」として生かされることになった――。
鬼才・虚淵玄が描くバイオレンスロマン、大好評発売中!!
「ファントム アイン」
「ファントム ツヴァイ」
スニーカー文庫
SNEAKER BUNKO